어쩌면,
삶을 견디게 하는 것들

어쩌면,

삶을
견디게

하는 것들

*

방종우 지음

☀ 라의눈

차
례

프롤로그

거북이처럼 느릿느릿,
때로는 물고기처럼 빠르게

우연한 기회에 자격증을 취득해 깊은 바닷속을 들어가
게 됐다. 처음에는 불안했다. 깊고 깊은 자연의 알 수 없는
변수들에 내 몸을 내던지는 것이니 막연한 불안이 정신을
집어삼켰다. 호흡기에 의지해 심연으로 내려가며 괜찮아,
괜찮아, 애써 마음을 진정시켰다. 후후, 내 숨소리가 선명
하게 들려왔다.

이내 시간이 지나고 눈앞에 새로운 환경이 펼쳐졌다. 이
름 모를 물고기들이 빠르게 지나갔고 다양한 산호초들이
빛나고 있었다. 옆으로, 거대한 거북이가 느릿느릿 지나갔

8

다. 하늘에서 쏟아지는 햇살이 그곳까지 눈부시게 들어와 나를 환히 비추고 있었다.

생각해 보면, 우리의 인생도 심연과 같다. 불안이 종종 우리의 영혼을 집어삼키지만 이내 시간이 지나면 다양한 사람들이 우리 곁을 빠르게 혹은 느릿느릿 지나간다. 우리는 그들을 바라본다. 생각지 못한 변수에 몸이 던져진 상태에서 불안함에 지배되지 않으려 후후, 숨을 쉬며 인생이라는 바다를 유영하고 있는 셈이다. 때로는 어떠한 저항도 하지 못하고 때로는 의지적으로 몸과 정신을 움직이며. 하지만 바로 그동안에도 아름다운 햇살은 우리를 비추고 있었으리라.

기억을 더듬어 글을 정리하며, 내 삶의 좋은 것들이 불안에서 시작됐음을 알게 됐다. 나는 종종 불안하다. 자연의 순리는 오늘도 나를 죽음이라는 종착지로 이끌고 그 와중에는 고통과 슬픔이 있을 것이다. 하지만 그럼에도 견딜 수 있는 이유는, 지금까지 그랬듯 내 곁을 스쳐갈 수많은 사람들과 경험들이 나를 숨 쉬게 할 것이기 때문이다.

이 책은 내 삶을 견디게 한 것들, 즉 숨을 쉴 수 있게 한 것들에 대한 기록이다. 불안, 보통의 것들, 용기와 기쁨. 이 모든 것을 마주하며 나는 온전한 나로서 특별해졌다. 인생이라는 심연에서 후후, 숨을 쉬고 있는 당신에게 이 사소한 기록들이 한 움큼의 공기가 되어주길 바란다. 당신이 그렇게 숨 쉬는 순간, 나도 함께 유영하고 있을 것이다. 가까워졌다가 멀어졌다가 거북이처럼 느릿느릿, 때로는 물고기처럼 빠르게.

그 순간 따스한 햇살이 우리를 비추길 바라며,
특별한 당신에게
방종우

1장

때로는 불안이 내 몸을 덮쳐도

삶을 견디게 하는 불안

불행이 나를 집어삼키지 않도록

오랜만에 만난 한 청년이 "신부님은 지금 행복하죠?"라고 물었을 때, 나는 망설임 없이 대답했다. 아니라고, 그럴 리가 있느냐고. 그는 눈을 동그랗게 뜨며 기어들어 가는 목소리로 중얼거렸다. "신부님이라면 당연히 행복할 줄 알았어요."

내가 그렇게 생각할 만한 조건을 가지고 있는 것은 사실이다. 신분에 의해서든 성정이 그래서든, 나는 재물에 욕심이 없다. 신부가 되고 싶다는 마음으로 대학에 입학해 실제로 그렇게 되었으니 원했던 꿈을 성취한 사람일 테다. 결혼한 사람들은 나의 자유가 부럽다고 한다. 세속적인 기준으로 봐도 그렇다. 자의든 타의든 해외 유학을 마치고 교수 자리에 있으니 이제 막 직장을 구하는 청년들에게는 만족스러운 삶을 살아가는 듯 보일 것이고, 대학원생들에게는 뭐 말할 것도 없다. 죽음 이후 영원한 생명에 대한 확고한 신앙이 있으니 죽음조차 장애가 되지 않는다. 모두가 꿈꾸는 삶 아닌가? 재물에 대한 욕심도, 미래에 대한 불안도, 죽음에 대한 두려움도 없는 삶. 누가 봐도 충분히 행복해 보일 법하다.

　하지만 안타깝게도 나는 행복하지 않다. 맡은 강의를 잘하고 있는가에 대한 불안이 나를 쫓아다니고, 이런저런 인간관계들 속에 도사린 오해와 갈등이 두렵다. 좋은 원고를 쓰고 싶지만 한없이 부족하고, 번역과 창작은 언제나 힘이 든다. 할 일이 산적한데 하기 싫어 몸이 배배 꼬이고, 미루고 미루다 마감 기한이 닥쳐 밤새 일을 끝내고 나면 나 자신이 한심해 한숨이 나온다. 응원하는 프로야구팀은 성적이 영 마땅찮고 치약이나 로션 같은 일용품은 갑자기 떨어진다. 할 일을 마치고 한숨 돌리려 하면 건강진단이나 민방위 통지서가 날아온다. 매년 써야 하는 학술지 논문은 마음에 돌덩이처럼 얹혀 있고, 가기 부담스러운 모임이나 회의는 왜 자꾸 생기는지. 불쑥불쑥 외로움이 덮치기도 한다. 확고한 신앙이 있다 해도 죽음에 앞서 다가올 고통은 되도록 피하고 싶다. 무엇보다 '신부로서 훌륭한 삶을 살고 있는가'라는 질문 앞에서는 한없이 난처하다. 이렇게 크고 작은 걸림돌들이 모습을 숨기고 있다가 불쑥불쑥 나타나니 줄곧 당황스럽고 난감할 수밖에.

그렇다면 나는 언제쯤 행복하게 될 것인가? 이 질문 앞에서 지구에서 가장 행복한 사람이라 불렸던 앤서니 보데인을 떠올린다.

셰프이며 베스트셀러 작가, CNN의 간판 방송인이자 여행가였던 그는 누가 봐도 세상에서 가장 행복한 사람이었다. 셰프 출신의 그는 세계 음식 문화 전문가였고 재치 있는 이야기꾼이었으며 매력적인 외모를 타고났다. 이러한 능력은 그를 베스트셀러 작가와 성공적인 여행 다큐멘터리 진행자로 이끌었다.

핀란드에서 검은색 피로 만든 소시지를 먹고, 모로코에서는 양의 고환을 베어 물고, 멕시코에서는 개미알을 먹으며 이누이트와 함께 물개를 먹는 삶. 사람들은 기억한다.

아프리카 부족민의 집을 방문해 맨손으로 현지식을 집어 먹고, 필리핀 전통시장에서 돼지머리 고기를 유쾌하게 먹던 여행가의 모습을. 오바마 전 대통령과 하노이의 식당에서 맥주를 곁들인 쌀국수를 먹고 한국에서 직장인들과 폭탄주를 말아 입에 털어 넣던 그를.

그는 행복한 얼굴로 전 세계의 음식을 체험하며 많은 인기와 명예를 얻은 방송인이었으며 각국의 고급 음식과 아름다운 풍경보다는 서민들의 날것 그대로의 모습, 가장 보편적인 음식과 풍습을 가감 없이 전하고자 한 인물이었다. 그의 재능은 방송에서 끝나지 않았다. 요리와 여행에 관한 책뿐 아니라 소설과 역사서까지 쓰며 작가로서도 출중한 역량을 보였다. 그는 두말할 나위 없이 자신이 세계 최고의 직업을 가진 사람이라고 스스로를 치켜세웠다.

그랬던 그가, 2018년 갑자기 세상을 떠났다. 자살이었다. 온 세계를 여행하던 그가 선택한 마지막 종착지는 죽음이었던 것이다. 무엇이 그를 죽음으로 이끌었을까.

연인과의 관계를 비롯해 여러 가지 추측이 있지만 그 이유는 끝내 밝혀지지 않았다. 어디까지나 추정이지만 나는 그의 죽음이 결국은 행복의 결핍과 연관되어 있다고 생각한다. 그는 타인이 보기에 행복한 사람이었고 스스로도 만족스러운 직업을 가지고 있었지만 결코 행복할 수 없었을 것이다. 세상 곳곳의 사람들을 만나며 결코 완전한 행복이란 없음을 깨달았을 것이기 때문이다.

폭격으로 다리를 잃은 라오스의 피해자에게 미군을 대신해 사과의 말을 건네는 동안, 미국에 거부감을 갖고 있는 리비아 사람들과 토론을 자처하는 동안, 곳곳에 흩뿌려져 있는 소시민부터 미국 대통령과 같은 꽤나 높은 직위의 사람들을 마주하는 동안, 그는 모두가 짐작하지만 인정하기는 어려운 '인간은 누구라도 행복해질 수 없다'라는 세상의 비밀을 알아 버린 것이다. 인간은 고작 민방위 통지서 한 장에도 하염없이 불행해지는 초라한 존재라는 사실을 깨달은 순간, 다른 사람들이 칭송하고 부러워하는 자신의 삶도 결국 크게 다르지 않음을 인정할 수밖에 없었을 것이다.

보데인만큼은 아니지만 나 역시 많은 나라에서 다양한 사람들을 만났다. 필리핀의 오지에서 봉사활동을 하며, 이탈리아에서 각 나라의 신부들과 공부를 하며, 여러 나라의 한인 성당에 초대되고 틈틈이 여행을 하며 많은 사람을 만났고 다양한 이야기를 들었다. 그 결과 얻게 된 것은 수입이 어떻든, 신분과 환경이 어떻든 인간은 모두 똑같다는 사실이다. 누구나 삶에 대한 짐을 짊어지고 있었고 사소한 걸림돌에 넘어지곤 했으며 저마다의 목표로 힘들어했고 병마나 죽음 같은 삶의 애환에서 자유롭지 못했다. 우리의 삶은 그런 식이다. 일어나선 안 되는 일이 일어나고 마침내 목표를 이뤄내도 잠깐의 행복은 여지없이 사라진다. 삶을 가까이에서 보면 비극이라는 말도, 인간의 운명은 행복보다 불행에 훨씬 가깝다는 말도 괜히 생겨난 게 아니다.

그렇다고 마냥 주저앉아 있을 수는 없지. 커다란 눈을 끔뻑이며 "신부님은 행복한 줄 알았어요"라고 실망스러운 표정으로 말하는 청년에게 "나는 행복하지 않지만 그렇다고 불행하지도 않아"라고 대답했다. 행복하지 않다고 해서 불행한 건 아니라고. 행복과 불행은 서로 연결되어있지 않다고. 행복했던 순간들이 모이고 모여 꽤나 그럴듯한 삶을 만들어 준다고. 실제로 그랬다. 내게도 분명 행복했던 순간들이 있었다.

10년여의 과정이 끝나고 사제가 되던 순간, 학위 논문 발표가 끝나고 박사학위가 승인되었음이 선포되던 순간. 그

뿐이랴, 응원하는 야구팀의 승리를 직관하던 순간, 꽤나 마음에 드는 원고가 완성된 순간, 만족스럽게 강의를 마친 날의 저녁, 며칠을 죽만 먹다가 건강 검진이 끝나고 먹는 매운 음식의 첫술, 고단한 약속을 마치고 들어와 침대에 눕는 순간, 학술지 논문에 마침표를 찍는 순간, 민방위 훈련이 끝나는 순간, 나는 세상에서 가장 행복한 사람이었다.

이렇게 생각하면 우리의 삶은 결코 불행할 수 없다. 비록 영원한 행복은 아니지만 크고 작은 행복이 도처에 있어서 나의 불행을 막아주고 있는 것이다. 이런 사실은 나에게 커다란 안도감을 준다. 세상에 완전한 행복이 없다면 완전한 불행도 없을 것이기 때문이다. 그러므로 나는 불행이 느껴질 때마다 읊조린다. '괜찮아질 거야. 이 시간이 지나면 분명히 괜찮아질 거야. 행복한 순간이 또 찾아올 거야. 어차피 완전한 불행은 없으니까.'

나는 청년에게 결론처럼 말했다. "나는 그저 사소한 행복으로 살아가. 누군가와 만나서 저녁을 먹는 이런 기쁨이 있어서 또 힘을 내. 작은 행복들은 불행이 나를 집어삼키지 않게 도와줘. 그러기에 나는 완전히 행복한 사람일 수는 없지만 적어도 행복에 가까운 사람이 되어 간단다."

나의 장황한 설명이 끝나자 눈만 끔뻑거리던 청년이 희미한 미소를 보냈다. 알 수 없는 내 말이 끝나서, 순간 사소한 행복을 느끼는 것 같았다. 그래, 그런 게 인생이란 말이지. 나는 묵묵히 다시 저녁을 먹기 시작했다. 꽤나 근사한 저녁이었다.

세상이 종말을 앞두고 있을지라도

중학교 3학년에서 고등학교 1학년으로 넘어가던 그해, 나는 지독한 염세주의자가 되어 있었다. 지원했던 천주교 재단의 고등학교에 떨어졌기 때문이다. 그 고등학교는 서울의 유일한 천주교 재단의 남고였고 김수환 추기경님을 비롯해 많은 사제를 배출한 학교이기도 했다. 게다가 신학대학 옆에 있는 고등학교였으니 사제를 꿈꿔온 학생으로서 이 고등학교에 입학하는 것은 사제가 되는 출발점이라 여겨졌다.

지금도 있는지 모르겠지만 당시에는 거주지역이 아닌

상권 중심의 고등학교에 별도로 지원할 수 있는 특수지 전형이라는 제도가 있었는데, 때마침 이 학교는 특수지에 포함되어 있었다. 비록 집에서 한 시간 넘는 통학 거리의 학교였지만 나는 당연히 합격하리라 생각했다. 사제가 되기를 어려서부터 꿈꿔왔으니 하느님이 당연히 합격시켜 주시리라 믿었던 것이다. 그런데 특수지 전형의 학교는 가까운 지역의 학생들 순으로 합격시켰으므로 먼 곳에 사는 나는 보기 좋게 떨어지고 말았다.

불합격 통지를 받자마자 하느님이 나를 거절한다는 느낌이 들었다. 그토록 많은 기도와 성당 활동을 했음에도 불구하고 떨어지다니, 한순간에 모든 꿈이 사라진 기분이었다. 그렇게 해서 공교롭게도 남녀공학 고등학교에 가게 되었다. 남녀공학이 드물던 시절이었다. 결혼하지 않는 사제가 되기 위해 천주교 고등학교에 지원했던 학생이 동네 유일의 남녀공학에 가게 되었으니, 하느님의 의중을 의심할 수밖에.

영화 「미스 리틀 선샤인」을 보면 파일럿이 되기 위해 묵언 수행하며 체력을 단련하는 중학생이 나온다. 그는 우연히 자신이 색맹이라는 사실을 알게 되고 크게 좌절해 바닥에 머리를 찧으며 소리 지르는데, 내가 바로 그 꼴이었다. 아아, 이제 나는 어떻게 살아야 하지. 온 세상이 무너진 듯했다. 이런 마음으로 진학한 고등학교에 제대로 적응할 리가 없었다. 자연스럽게 말수가 줄었고 아무것도 하고 싶지 않았다. 내가 할 수 있는 일이란 멀뚱히 앉아 있는 것뿐. 새로운 친구를 사귀는 것도 수업을 쫓아가는 것도 의미 없이 느껴졌다.

때마침 그때는 1999년, 종말론이 세상을 집어삼키던 시기였다. 뉴스는 온통 밀레니엄 버그와 관련된 보도로 장식됐다. 당시 구축된 IT 시스템들이 0과 1만을 인식하다 보니 새로운 2000년을 인식할 수 없어 사회적 혼란이 예상된다는 것이었다. 전문가들은 YY/MM/DD 형태로 이뤄져 있는 프로그램은 새로운 2000년을 표기할 방법이 없어 날짜를 00/01/01로 인식하게 되고 결국 컴퓨터를 기반으로 한 모든 시스템이 붕괴될 수 있다고 경고했다.

은행에 넣어둔 예금이 사라지고 병원 및 교통이 모두 마비될 수 있으며 심지어 핵폭탄이 발사될 것이라는 말이 제법 일리 있는 것처럼 느껴졌다. 뉴스는 혼란을 대비해 몇 달 치의 생필품을 사재기하는 사람들을 보여주었고 정부는 종합상황실을 설치했다. 이러한 이야기를 더욱 그럴듯하게 만든 것이 노스트라다무스의 예언이었다. '1999년 7월 하늘에서 공포의 대왕이 내려올 것이다'라는 그의 예언은 오작동으로 핵폭탄까지 발사될 수 있다는 전문가들의 말과 겹치며 종말에 대한 확신을 만들어냈다.

꿈이 무너진 고등학생에게 종말론까지 주입되면 과연 어떤 일이 일어날까? 그야말로 마른나무에 불을 붙이는 격이었다. 아무 의미 없는 세상, 제발 그대로 망해버려라, 하는 생각이 절로 들었다.

그러므로 나는 틈틈이 잠을 잤다. 어차피 망할 세상, 잠이나 실컷 자자는 심정이었다. 그나마 예의라는 건 있어서 수업시간에 자는 짓은 하지 않았지만 쉬는 시간이 되면 여지없이 책상에 엎드렸다. 그렇게 천천히 봄이 지나가고 있던 어느 날, 누군가가 여전히 엎드려 자고 있던 나를 깨웠다. 모르는 선생님이 나를 찾아왔다는 것이었다. 종말을 앞두고 있는 세상에서 모르는 선생님이 나를 찾아왔다니 굳이 일어나야 할까, 하는 생각이 들었지만 아무래도 예의라는 건 남아 있어서 나가볼 수밖에 없었다.

　빨간색 뿔테를 쓴 선생님은 "내가 문예반 담당자인데 우리 동아리에 들어와 글을 써 보는 게 어떻겠니?"라고 말씀하셨다. 중학교 시절 소소한 시나 독후감 등으로 상을 받았던 기록을 보고 찾아오신 것이었다. 꿈이 무너진 고등학생에게 모르는 선생님이 찾아와 '네가 필요하다'라고 손을 내밀면 어떤 일이 일어날까? 충성을 맹세하게 된다. 하지만 선뜻 마음을 드러내는 것이 더없이 부끄럽던 시절이었다. 덤덤하게 고민해 보겠다고 말씀드렸지만, 마음속에서는 세상의 종말을 어떻게든 내 손으로 막아보겠다는 결심이 선 상태였다. 그날 오후, 학교 앞 서점에서 동인문학상 작품집을 샀다. 작가들의 프로필과 사진, 다채로운 단편 소설들이 내 마음을 가득 채웠다. 이제 더 이상 쉬는 시간에 잠을 잘 수 없었다. 세상에는 읽어야 할 글들이 넘쳐났으니까. 두근거리게 하는 글들이 서랍 속에서 쉴 새 없이 나에게 손짓하고 있었으니까. 그렇게 한 해가 지나갔고 세상은,

　멸망하지 않았다.

　그럼에도 종말을 앞둔 사람처럼 나는 수없이 많은 책을 읽었고 또 수없이 많은 글을 썼다. 그 안에서 사랑을 배웠고 어렴풋하게나마 인생을 알았으며 조금은 마음도 따뜻

해졌으리라. 그렇게 나의 사춘기가 지나가고 있었다.

정신없이 소설을 탐독하던 시기, 가장 안타까워했던 것은 어머니였다. 내가 사제가 되기를 바랐던 어머니는 책에 빠져 있던 나를, 글을 끄적이고 있던 나를, 문학 콩쿠르에 열심이던 나를 영 탐탁해하지 않으셨다. 그리고 말씀하셨다. "소설가가 되면 사제가 될 수 없지만, 사제가 되면 소설가가 될 수 있단다." 이 말씀 때문이라고는 할 수 없지만 어쨌거나 나는 끝내 사제가 되었다. 천주교 고등학교는 집이 멀다는 이유로 나를 알아봐 주지 않았지만 기숙사가 있는 신학 대학은 집의 거리를 신경 쓰지 않았다. 대학교에 가서도 나의 열정은 변하지 않아 여전히 책을 탐독했지만 어느덧 나의 꿈은 조금 달라져 있었고, 세상은 여전히 멸망하지 않았고, 그렇게 나는 사제가 됐고, 미처 생각도 못한 교수가 되어버렸다.

얼마 전, 지도 교수로서 신입생 오리엔테이션에 갔는데 학생들이 나에게 물어 왔다. "만약 시간을 되돌린다면 어느 때로 돌아가고 싶으세요?" 한 살이라도 젊어진다면 언제로든 돌아가도 좋다 싶었지만, 나는 막 고등학생이 되었던 그 시기를 떠올렸다. 분명 쉽지 않은 시기이긴 했다. 앞

아만 있어도 잠이 쏟아졌고 세상이 나를 버렸(다는 생각이 들었)으며 아무것도 하고 싶지 않았다. 하지만 이제 할 수만 있다면 그 시절로 다시 돌아가길 바란다. 쉬는 시간마다 잠 잤던 그 시간은 내 안에 있던 내밀한 열정이 깨어나는 순간이었다. 세상이 나를 버렸다는 생각이 들었지만 사실은 다 이유가 있었으며, 그 와중에 나에게 손을 내밀어준 선생님이 계셨다. 그 안에서 나는 사랑을 배웠고 희망을 알았고 꿈을 꾸었으며, 영원히 사라지지 않을 예술에 대한 열정을 마음에 새기게 되었다.

　그 시절로 돌아간다면 나는 아무것도 바꾸려 하지 않고 고치려 하지 않고 그냥 다시 그대로 살아갈 것이다. 세상을 저주하다, 엎어져 잠을 자다, 마음껏 시와 소설을 탐독하고 사랑을 꿈꾸리라. 마음은 온통 어둡다가도 한없는 기쁨에 몸부림칠 것이니 그 고통과 설렘을 다시금 그대로 받아들이리라. 비록, 세상이 종말을 앞두고 있을지라도.

은하철도에 몸을 싣게 되면

아버지의 죽음을 경험했던 그 여름이 끝나갈 때, 나는 남은 공부를 위해 이탈리아로 다시 돌아가야 했다. 마음은 나날이 슬픔으로 가득 채워졌는데, 그것은 비단 아버지의 죽음 때문만이 아니었다. 이제는 다시 만날 수 없을, 또 다른 소멸해가는 생명이 있었기 때문이다. 아버지가 돌아가시던 즈음 쓰러지신 외할머니는 그 시간, 병원 신세를 지고 계셨다. 나는 이탈리아로 돌아가야 하는데 할머니는 건강을 회복하지 못하셨다. 할머니의 생이 얼마 남지 않았음을 직감할 수 있었다.

결국 출국 며칠 전, 할머니가 계신 입원실을 찾아가 병자성사를 집전해야 했다. 병자성사란, 죽음을 앞둔 신자가 사제에게 고해성사를 보고 죽음 이후의 구원을 청하는 성사다. 나는 손주이기도 했지만 한 명의 사제였으므로 할머니에게 직접 이 성사를 거행할 수 있었다. 누워계신 할머니에게 얼굴을 드리운 채 기도문을 외우는 동안 할머니의 얼굴에 눈물이 뚝뚝 떨어졌다. 이제 다시는 세상에서 할머니를 만날 수 없다는 사실이 나의 목소리를 온통 흔들어댔다. 아버지가 돌아가시고 얼마 지나지 않은 시점에 또 다른 죽음이 그늘을 드리우고 있었다.

지금 이 순간, 부자든 가난한 자든 무슨 일을 하는 사람이든, 모두의 공통점이 있다면 우리는 죽음을 향해 나아가고 있다는 사실이다. 당신과 나는 다른 생각을 품고 있으며, 자라 온 환경도 역사도 다르지만 그럼에도 불구하고 우리는 지금 이 순간 늙고 있고 언젠가는 죽게 될 것이다. 그러므로 죽음에 대해 한 번도 생각해 보지 않은 사람은 없을 것이다. 늦은 밤 어린아이가 잠에서 깨어 울음을 터트리는 것은 갑자기 죽음 같은 어둠을 마주하게 되었기 때문이다. 이 어둠 속에서 나를 돌보아줄 사람이 없음에 대한 두려움은 관계의 부재, 즉 언젠가 다가올 적막과 같은 죽음에 대한 막연한 공포를 반영한다. 떨어지는 나뭇잎을 바라보며 알 수 없는 우울감에 젖어 드는 것 역시 마찬가지다. 한없이 푸릇푸릇할 것만 같지만 그 시간이 지나면 어쩔 수 없이 빛바랜 모습을 띠게 되리라는 사실 역시 죽음을 연상시킨다. 유치원에서 달려 나와 와락 부모의 품에 안기는 어린아이도, 뜨거운 눈빛으로 서로를 포옹하는 젊은이도 언젠가는 죽을 것이다.

이러한 생각에 머무르다 보면 그야말로 삶이란 슬픈 것이 되어버린다. 그러나 언제 죽을지도 모르는데 마냥 슬퍼하며 살 수도 없는 노릇이다. 어차피 죽어야 한다면, 잘 살다 죽는 게 낫지 않은가? 그렇다면 '잘 산다'는 것이 무엇인지 궁금해진다. 호랑이처럼 가죽을 남겨야 하는지, 가죽이 없으면 재산이라도 남겨야 하는지. 생각할수록 정신이 혼미해진다.

어쨌거나 신분이 신분인지라 가까운 가족 외에도 죽음을 적잖이 경험했다. 신학생 시절에는 가정방문 호스피스를 통해 말기 암 환자분들을 만났고, 신부가 된 뒤에는 거동이 힘들어 미사에 참석할 수 없는 환자분들의 집을 방문해 주기적으로 성체를 전해드렸다. 신자분의 임종 직전 고

해성사를 듣기도 했고, 갑작스러운 죽음 앞에서 울부짖는 가족들을 만나기도 했다. 어린아이부터 시작해 내 또래, 혹은 100세 노인의 장례까지 다양한 죽음을 마주했다.

이러한 만남들을 돌이켜보면, 미야자와 겐지의 동화『은하철도의 밤』에 나오는 주인공을 떠올리게 된다. 병든 어머니와 단둘이 사는 주인공 조반니는 동급생들에게 괴롭힘을 당하는 아이다. 은하수 축제날 밤, 좀처럼 아이들 무리에 섞이지 못해 우두커니 들판에 누워있던 그는 어느 순간 "은하 역, 은하 역"이라는 소리를 듣는다. 그렇게 타게 된 작은 열차에서 유일하게 자신을 챙겨줬던 동급생 캄파넬라를 만나 함께 은하계를 여행한다. 열차에 탑승한 다양한 사람들을 만나 이야기를 듣는데, 본인은 눈치채지 못하고 있지만 승객 중 살아있는 사람은 조반니뿐이다. 사실 은하철도의 사람들은 죽음을 맞이한 이들이며 그래서 저마다의 이야기를 하고 있는 것이다.

그런데 이 동화의 도입부에는 한 가지 의미심장한 장면이 있다. 동화는 선생님이 아이들에게 은하수에 대한 이야기를 들려주는 것으로 시작된다. 선생님의 이야기를 요약하면 이렇다. 은하수銀河水가 정말 강이라면 작은 별 하나하

나는 강바닥의 모래나 자갈에 해당한다. 만약 은하수가 영어 단어인 우유The milky way라면 별들은 작은 지방 알갱이에 불과하다. 물이 깊을수록 물빛이 푸르게 보이듯 은하수가 깊고 먼 곳일수록 그 부분은 더 하얗게 보일 것이다.

이 말을 우리의 삶에 적용해 보면, 내가 강바닥의 모래 혹은 자갈과 같은 미소한 사람이 되는 것 같아 조금 허무해지지만 한편으로는 위로가 된다. 어쨌거나 내 삶을 아주 멀리서 바라보면 조금 못나고 부족해도 푸르고 희게 보일 수 있다는 뜻이니까.

할머니는 그해 겨울, 세상을 떠났다. 몇 번의 수술 끝에 끝내 섬망 증세로 두서없는 말씀을 하시다가도 "내 손주가 나를 정말 많이 사랑한다, 나를 보러 오고 있다, 언제 도착하느냐"라며 몇 번을 되물었다고 한다. 할머니 역시도 은하철도에 탑승하셨겠지. 그곳에서 다양한 사람들을 만나 이런저런 이야기를 나누었을 것이고 내 자랑도 하셨을 테다. 그리고 여기 남아있는 나는 할머니의 삶을 기억하며 함께한 시간이 푸르고 아름다웠다고 이야기한다.

잠이 깨어 다시 세상으로 돌아온 동화 속의 주인공 조반니는 함께 은하철도에 타고 있던 캄파넬라의 죽음을 전해 듣는다. 그리고 여러 가지 생각으로 마음이 혼란한 가운데 아픈 엄마를 만나기 위해 강가를 따라 쏜살같이 마을로 내달린다.

　나는 아직도 모르겠다. 소위 말해 천국을 믿는 신부이면서 이후의 세계에 대한 희망을 한껏 품고 있으면서도, 죽음은 사실 좀처럼 받아들이기 어려운 심연의 것이다. 언젠가는 나도 죽을 것이고 은하수의 아주 작은 별이 되겠지. 그 직전, 한없는 두려움에 몸서리치겠지. 그렇다고 언제 죽을지도 모르는데 마냥 손놓고 있을 수는 없으니 쏜살같이 내달릴 수밖에. 다만 한 가지 희망하는 것이 있다면 누군가가 저 멀리서 나의 뒷모습을 보며 '그 삶이 꽤나 푸르고 아름다웠다'라고 이야기하는 것이다.

뜻밖의 보호자

이탈리아 유학 시절을 떠올려 보면 나무가 떠오른다. 이렇게 말하면 이탈리아의 큼직큼직하고 꼿꼿한 소나무들을 생각할지 모르지만 사실 '나무'는 강아지 이름이다. 예전에 '소나무'라는 한식집이 있었는데, 그곳에서 데려온 인연으로 이름을 그리 지었다고 했다.

나는 나무의 목욕과 간식 담당이었다. 숙소 마당이 워낙 넓은 탓에 나무는 여기저기 뛰어다니며 자연 안에서 자유롭게 살 수 있었지만, 그만큼 가시 열매나 수풀을 주렁주렁 몸에 달고 다녔다. 조금만 방심해도 가시 열매가 턱 밑의

털에 뭉쳐서 떼어주느라 고생해야 했다. 나무는 긴 털을 가진, 꽤나 얌전하고 순종적인 강아지였다. 무엇보다 간식 담당인 나를 알아보고 내가 큰 마당에 들어서기만 해도 멀리서 달려왔고, 저녁 식사를 마치면 간식을 달라고 꼬리를 흔들며 유리문 앞에 단정하게 앉아 있었다. 유학 생활은 꽤나 외로운 시기였는데, 어둑해진 저녁 터벅터벅 집으로 돌아왔을 때 나를 반겨주는 나무의 존재는 엄청나게 큰 위로였다. 지금도 나무를 생각하면 나를 돌봐준 보호자로 느껴진달까.

숙소 주변에는 양이 많았다. 기숙사는 로마 외곽에 있어서 양을 치는 사람들이 있었고 덕분에 멀리서 양 떼가 무리 지어 있는 모습을 볼 수 있었다. 차들이 다니는 도로를 양 떼가 점령하기도 했다. 목자가 없는 틈을 타 밀리고 밀려온 것인지는 모르겠지만, 양들이 도로를 빽빽이 점령하면 버스가 움직이지 못해 한참을 기다려야 했고 결국 경찰이 출동했다. 말이 안 통하는 양까지 다뤄야 하다니, 이탈리아 경찰들은 참 힘들겠다 싶었다.

어느 날, 수업을 마치고 숙소로 돌아왔는데 대문이 활짝 열려있고 심상치 않은 기운이 느껴졌다. 마치 빈집에 도둑이 들어와 한바탕 휘젓고 나간 느낌이었다. 잔디는 마구 파

헤쳐져 있었고 마당을 가로지르는 돌길에도 짓무른 잔디들이 점점이 보였다. 무슨 일인지 고개를 갸웃하고 있는데, 나무가 나를 향해 허겁지겁 달려왔다. 나무의 몸에도 잔디의 풀색이 여기저기 스며 있었다.

그제서야 양들이 도로를 점거한 뒤 급기야 숙소의 열린 문으로 들어왔었다는 사실을 알게 되었다. 배가 고픈 양들에게 기숙사에 펼쳐진 잔디는 그야말로 블루오션이었을 테다. 우르르 몰려와서 허겁지겁 잔디를 먹어 치우는데 그 누구도 말릴 수 없었다고 했다. 그 모습을 가까이에서 본 사람 중 하나는 양들이 잔디를 삼키면서 동시에 똥을 싸는 장면을 직접 봤다고도 했다.

누군가가 찍은 동영상을 보니, 실제로 기숙사 사람들의 웅성거림 속에서 양들은 마치 재난영화의 메뚜기처럼 잔디를 놀라운 속도로 먹어 치우고 있었다. 그런데 순간, 하얀색 덩어리가 양 떼의 한가운데로 뛰쳐 들어왔다. 내가 그동안 열심히 먹이고 씻긴 강아지, 나무였다. 나무는 맹렬한 속도로 양들을 갈라놓더니 이 순간만을, 오로지 이 한순간만을 기다리며 살아왔다는 듯 마구 짖으며 경쾌하게 뛰어다녔다. 잔디를 먹던 양이든, 똥을 싸던 양이든, 동시에 두

가지 일을 다 하던 양이든, 갑작스러운 불청객의 등장에 놀라서 잰걸음으로 나무를 피해 다니기 시작했다.

얼마 가지 않아 양들은 세 그룹으로 나뉘었고 나무는 계속해서 양들 주변을 뛰어다니며 그들을 통제했다. 곧이어 놀라운 광경이 펼쳐졌다. 각 그룹의 양들이 나무의 효율적인 움직임에 홀린 듯 서서히 밀려 밀려서 대문 밖으로 나가고 있었다. 그리고 다시 평화로워진 나무는 잔디에 흩뿌려진 양들의 똥에 자신의 몸을 굴리고 있었다. '아 씨, 엊그제 목욕시켰는데'라는 생각이 스치긴 했지만 그토록 순하고 얌전하던 강아지의 본능에 놀라지 않을 수 없었다. 숙소의 학생들은 나무가 숙소 마당을 지켜냈다면서, 적군을 물리친 아군 장수를 환대하듯 나무를 치켜세웠다.

나무는 언제나 그랬다. 함께 산책할 때면 조용조용 잘 따라오다가 근처에 고양이나 새가 눈에 띄면 으르렁거리며 경계했다. 그냥 본능적인 행동일지 모르겠지만 그때의 나는 나무가 나를 지켜주고 있다고 느꼈다. 유학을 마칠 때쯤, 나는 나무의 간식을 잔뜩 사 와서 주방 한편에 쌓아두었다. 그리고 밤늦은 시간 나무에게 다가가서 "나무야 나무야, 나를 지켜줘서 고마워, 꼭 다시 보자"라고 속삭였다.

알아들었는지 못 알아들었는지 나무는 간식을 더 달라고 발로 나를 툭툭 건드렸다.

얼마 전 이탈리아에 남아있는 동료로부터 나무의 안부를 들었다. 그때도 나이가 많았던 나무는 이제 열일곱 살이 되어 치매 증세를 보인다고 했다. 예전처럼 잘 뛰지도 못하고 먼 산을 바라보거나 누워있는 일이 많아졌다는 것이다. 마음이 쿵 하고 내려앉는 기분이었다. 언젠가 다시 볼 줄 알았는데 어쩌면 불가능할지도 모르겠다는 생각에 마음이 아렸다.

기약 없는 작별이라는 것이 그렇다. 우리는 곧 다시 보자며 인사하지만, 사실 그것은 슬픔을 감추기 위한 일시적인 변명에 가깝다. 다시 못 볼지도 모른다고 생각하면 너무 슬퍼지니까. 시간이 지나면 인연이 희미해진다는 사실을 인정하고 싶지 않으니까. 설령 나무를 다시 보게 되더라도 그때의 우리와 지금의 우리는 달라져 있을 테니 똑같은 즐거움을 누리지는 못할 것이다. 그래도 다시 만나리라는 한 가닥 희망으로 아쉬움을 애써 감추는 것이다.

지금도 간혹 내 삶이 어지러울 때, 누군가가 내 삶에 난

입해 마음을 헤집어놓을 때, 나는 양 떼 사이를 가로질러 뛰어다니던 나무의 모습을 떠올린다. 터벅터벅 집에 돌아왔을 때 잘 돌아왔다며 뛰어와 반겨주던 나무. 다시 볼 수 없을 것이 거의 확실하지만, 그래도 내 삶을 지켜준 어떤 존재가 있었음은 꽤나 고마운 일이다.

세 개의 삶

가장 인상 깊게 읽은 책이 무엇이냐고 물으면 나는 주저 없이 『유토피아』를 꼽을 것이다. 본래 라틴어로 쓰인 이 책의 원제는 굉장히 길다. 이름하여 『최상의 공화국 형태와 유토피아라는 새로운 섬에 관한 재미있으면서도 유익한 대단히 훌륭한 소책자Libellus vere aureus, nec minus salutaris quam festivus, de optimo rei publicae statu deque nova insula Utopia』다. 이 긴 제목을 읽다 보면 저자가 이 책에 얼마나 자부심을 가졌는지 알 것 같다. 자신이 상상으로 만들어낸 세상에 '최상의'라는 표현을 쓰고 이에 더해 '유익하면서도 대단히 훌륭한'이라는 수식어까지 붙이다니,

보통 자신감으로는 불가능한 일이다.

『유토피아』는 가상의 국가 이야기다. 그런데 16세기에 쓰였음에도 불구하고 현재에 이르러서야 추진되고 있는 국가의 규정들이 묘사되고 있다는 점에서 실로 놀라운 책이다. 하루 6시간 노동, 지방자치제, 종교의 자유, 남녀평등, 사형제 완화 등 당시에는 상상할 수 없었던 세계를, 그로부터 500년이 지나서야 일구어지고 있는 세계를 상상했다니 경이로울 지경이다.

이 책의 저자는 토마스 모어, 천주교의 성인이다. 인상 깊게 읽은 책이라면 저자에 대해 알아보는 것이 당연한 수순. 결국 대학생 시절 『유토피아』에 감명받은 나는 토마스 모어의 성인전까지 읽게 됐다. 그는 영국의 법률가로서 헨리 8세의 개인 비서로 등용되는 것을 시작으로 탄탄대로를 걸었던 인물이다. 헨리 8세는 유쾌하면서도 박식하고 청렴결백한 그에 매료되어 끝내 그를 대법원장에 임명해 국정의 여러 부분을 상의하기도 했다.

하지만 안타깝게도 이들의 좋은 관계는 끝까지 가지 못했다. 헨리 8세가 이혼하기 위해 교황에게 탄원서를 보냈으나 받아들여지지 않았고, 독실한 천주교인이었던 토마스 모어는 교황권을 부정하는 것은 정당하지 않다며 대법관직을 사퇴하게 된 것이다. 토마스 모어는 결국 반역죄로 몰려 다음의 말을 남기고 참수형을 당했다. "나는 왕의 충실한 종 이전에 하느님의 종으로 죽는다."

이후 한참의 시간이 지나 내가 캔터베리에 간 이유는 토마스 모어의 무덤을 방문하기 위해서였다. 여러 자료들에 의하면, 그의 잘린 머리를 딸이 수습해 영국 남동부의 캔터베리에 안치했다고 한다. 캔터베리는 성공회 대성당이 있는 곳이므로 그 외에도 볼 것이 많다고 생각한 나는 호기롭게 열차에 몸을 실었다.

도시에 도착하자마자 관광객들을 안내하는 카운터에 가서 당당하게 토마스 모어 성인이 있는 곳을 알려달라고 청했다. 그런데 이게 무슨 일인가, 아무도 그곳이 어디인지 알지 못했다. 친절한 영국인 안내원들이 서로에게 "너는 아느냐"라고 되묻다가 지도를 펼쳐놓고 토론까지 벌였다. 그러나 결론은 "들어본 것 같긴 한데 잘 모르겠다"였다.

관광객 안내소에서 모른다면, 내가 잘못 알고 찾아

온 건 아닐까? 눈앞이 캄캄했다. 하지만 "들어본 것 같다"라는 안내원의 말에 희망을 걸었다. 아직 포기하기엔 이른 것 같아 다시금 인터넷을 뒤져 가까스로 성인이 모셔져 있는 성당 이름을 찾을 수 있었다. 캔터베리는 성곽으로 둘러싸인 도시인데 그곳은 성곽 밖으로 한참 걸어 나가야 하는 위치에 있었다.

얼마를 걸어 성당에 도착했다. 초라한 성당의 외벽은 색 바랜 담쟁이들로 덮여 있었다. 마당에는 정리되지 않은 교인들의 무덤이 있었다. 마구 세워놓은 듯한 비석을 가로질러 두근거리는 마음으로 나무 문을 밀었다. 삐걱거리는 소리만 날 뿐 문은 꿈쩍도 하지 않았다. 다른 문이 있나 돌아봤지만 모두 잠겨 있었다. 한국도 마찬가지이지만 유럽 대부분의 성당은 특별한 일이 없는 이상 한낮에 문을 잠가 두지 않는다. 그런데 문이 잠겨 있다는 것은 그곳이 사실상 사용되지 않는 경당임을 의미했다. 실의에 빠진 채 이번엔 똑똑 문을 두드렸다. 그리고 성당 앞에 주저앉아 잠시 숨을 돌렸다. 다시 성곽 안으로 돌아가야 할 참이었다.

그런데 기적처럼, 앞서 문을 밀었을 때보다 더 큰 삐걱, 하는 소리가 들렸다. 뒤에서 불어오는 서늘한 공기가 문이 열렸음을 알려주었다. 돌아보니 연세가 아주 많아 보이는 할머니가 목발에 의지한 채 서 계셨다. 내가 반색하며 벌떡 일어나자 뜻밖이라는 눈치였다. 아무도 오지 않는 작은 성당의 문을 동양인이 두드렸으니 놀랄 만도 했다.

나는 기쁨을 감추지 않고 질문했다. "혹시 이곳에 토마스 모어 성인이 있습니까?" 할머니는 기적 같은 일이 일어났다며 나를 꼭 안아주셨다. 그러고는 천천히 무덤이 있는 곳으로 나를 안내했다. 낡은 성당의 작은 제대 옆 바닥에 토마스 모어의 무덤임을 알리는 돌이 놓여 있었다. 스테인드글라스에는 성인의 모습이 품위 있게 새겨져 있었고, 따뜻한 햇살이 창문을 통과해 소박한 성당을 아름답게 비추고 있었다.

성인의 삶과 성당의 역사를 상세히 설명해 주시던 할머니는 '이곳은 좀처럼 외국인이 오지 않는데'라는 말씀을 여러 번 하시다가 하던 일을 마저 하겠다며 어디론가 사라지셨다. 얼마 지나지 않아 오르간 소리가 들려왔다. 할머니는 문이 잠긴 성당에서 조용히 오르간 연습을 하고 계셨던 것이다.

오르간 반주를 배경으로 성당에 앉아 성인의 무덤을 바라봤다. 그곳에는 서로 다른 세 개의 삶이 있었다. 16세기에 목이 잘린 성인의 삶이 있었고, 성공회가 국교인 나라에서 천주교 신앙을 오랫동안 유지해 온 할머니의 삶이 있었다. 그리고 동쪽의 먼 나라에서 우여곡절 끝에 그곳에 다다른 동양인의 삶이 그것들과 겹쳐졌다. 하필 그 시간에 오르간을 연습하고 있던 할머니는 16세기의 성인과 21세기의 나를 이어주는 소중한 끈이었다. 그리고 그 순간은 내가 대학생 시절부터 꿈꿔왔던 시간이기도 했다. "할머니의 말씀대로 어쩌면 정말 기적일지도 몰라." 나는 작게 중얼거렸다.

떠날 때가 되자 할머니께서는 다시 목발을 짚고 나와 성인의 상본을 주시며 나를 배웅했다. 고요하고, 아름다운 순간이었다. 마당의 무덤을 가로질러 나오다 뒤를 돌아봤다. 성당의 외관이 완전히 새롭게 느껴졌다. 외벽을 타고 있는 색바랜 담쟁이들은 오랜 시간 성인의 유해를 지켜 온 증인이었고, 마당의 비석들은 성인과 죽음을 공유하고 있는 동료들의 표식이었다. 이 모든 것들과 더불어 묵묵히 성당을 지켜 온 오르간 소리가 매일 성당 안을 가득 메우고 있을 터였다. 그 모든 것이 조화된 아름다움은, 캔터베리라면 어디서든 보이는 대성당의 날카로운 첨탑과는 비교할 수 없는 것이었다.

우리의 삶이 기적 같은 이유는 이러한 시간들로 이루어져 있기 때문이다. 과거에 있었던 누군가의 시간이 언제나 나를 기다리고, 지금을 살고 있는 나는 그것을 마주하고, 그 시간들이 만들어낸 공간 안에 함께 살아가고 있는 누군가가 나를 마중 나온다. 우리는 그렇게 세 개의 삶이 만들어낸 입체적 공간 안에서 오늘을 살아낸다. 평범하게 흘러가는 시간 안에 모두의 시간이 있다.

전쟁이야, 전쟁

우리는 종종 자신이 죽을 수도 있다는 사실을 잊고 산다. 마치 영원을 살 것처럼 행동하는 것이다. 그러다가 직접적인 위험이 다가오거나 그것을 상상할 일이 생기면 견딜 수 없는 두려움에 몸서리친다.

2016년, 이탈리아에 있었던 나는 죽음에 대해 생각해야 했다. 그리고 언제 어디서든 죽을 수 있으리라는 사실을 인지해야 했다. 치명적인 병에 걸렸다거나 한 것은 아니고, 바로 테러 때문이었다. 이슬람 극단주의자에 의해 벌어진 파리에서의 테러로 약 129명이 사망한 사건 이후,

이미 4개월이 지났을 즈음이었다. 마을을 산책하고 집에 들어오는데 당시 묵고 있던 집의 주인 할머니가 나를 황급히 부르시더니 "전쟁이야, 전쟁"이라고 읊조렸다. 티브이는 브뤼셀 공항에서 피투성이가 되어 나오는 사람들을 보여주고 있었다. 벨기에서 또 다른 폭탄 테러가 일어난 것이었다.

그 이후로도 유럽의 몇몇 나라에서 공항이나 기차역 혹은 관광지를 중심으로 산발적 테러가 일어났다. 그리고 나 역시 서서히 죽음의 공포에 잠식되었다. 나는 로마에 살고 있었고 한국으로 치자면 서울역이라 할 수 있는 떼르미니 역을 통해 통학하는 학생이었다. 학교는 산타 마리아 마조레라고 불리는, 관광객들이 많이 찾는 성당 앞에 있었고 교황청립 학교에 다니는 만큼 바티칸에 오갈 일도 많았다. 심지어 종종 공항에 나가 누군가를 마중하거나 안내할 일도 많았다. 그러다 보니 자연스럽게 기차에 타든 버스에 타든 주변을 유심히 살펴보게 되었다. 커다란 여행가방을 들고 장갑을 끼고 있거나 두꺼운 옷을 입고 있으면 테러범일 수 있다는 기사를 본 후에는 더욱 조심성이 생겼다. 혹시라도 위험해 보이는 사람이 있다면 되도록 멀리 앉으려는 소심한 노력도 하게 됐다.

　이러한 것들이 나 혼자만의 걱정은 아니었는지 이탈리아 정부는 혹시라도 일어날 테러에 대비해 공항은 물론이고 모든 기차역과 지하철역에 군인들을 배치했다. 바티칸 광장 앞에는 장갑차가 서 있었고, 공항에서 아주 조금의 의심쩍은 움직임만 있어도 곳곳을 수색하느라 모든 업무가 마비되거나 출입국이 지연되기도 했다. 도심 안에서 실탄이 장전된 총을 든 군인들을 본다는 것은 꽤나 묘한 일이었다. 그것은 공격을 대비한다는 측면에서 위험을 전제한 것이지만, 보호받을 수 있는 방패를 의미하기도 해서 군인들이 든든한 호위무사처럼 느껴졌다. 나 또한 민방위 훈련을 할 때 목각 총을 들고 초등학교 앞에 쪼그려 앉아 있었던 적이 있다. 그때 나를 유심히 쳐다보던 초등학생들도 이와 비슷한 생각을 했으려나.

　그러던 어느 날, 소도시에서 어학 공부를 할 때 만난 나이지리아 친구가 로마에 놀러 왔다. 못 본 새에 자라난 그의 덥수룩한 수염이 인상적이었다. 대도시에 여행을 온 만큼 그의 배낭은 꽤나 컸으므로 짐을 나눠 짊어지고 오랜만의 재회를 반가워하며 지하철을 기다렸다.

　그런데 군인 두 명이 다가오더니 우리 주변을 맴돌기 시작했다. 총을 움켜쥔 채 몸은 우리를 향해 있으나 고개는 다른 곳에 가 있는, 오감이 우리에게 쏠려있음을 명확하게 느낄 수 있는 상황이었다. 나이지리아 친구는 이러한 상황이 익숙하다는 듯 웃으며 말했다. "미안해, 내가 피부색이 어둡고 수염이 있어서 맨날 테러범으로 오해받아. 그리고 우리가 커다란 가방을 나눠 들고 있잖아." 말을 듣고 둘러보니 주변 사람들 역시 한두 발씩 떨어져 우리를 힐끔힐끔 쳐다보고 있었다.

묘한 기분이 들었다. 내가 테러범으로 오해받게 되리란 상상을 해본 적이 없었다. 마음 같아선 "저 테러범 아니에요. 심지어 독실한 천주교 신자에요"라고 외치며 성호경이라도 긋고 싶었다. 결국 주변 사람들의 오해 어린 시선은 우리가 지하철에서 내려 개찰구를 완전히 통과하고 나서야 끝이 났다.

이후에도 주변 나라들에서는 테러가 일어나긴 했지만 다행히도 이탈리아에서는 끝끝내 그런 일이 없었다. 비슷한 사건이 있긴 했다. 이탈리아 북부 토리노의 한 광장에서 챔피언스리그 결승전을 보던 축구팬들이 폭죽 소리를 테러로 오인해 무질서하게 탈출을 시도하다가 1,500명이 부상을 당한 사건이었다.

그 시절 유럽에 있던 사람들은 그야말로 실체가 없는 전쟁 중이었다. 공포가 뇌리에 선명하게 남아있으면 의심은 폭발적인 힘을 발휘한다. 그리고 그 의심은 더 큰 공포를 불러일으킨다. 그렇게 한참 동안 나 역시 테러와의 전쟁을 치러야 했다. 비행기를 탈 일이 있으면 불안해하며 주의를 놓치지 않았고, 웬만하면 걸어 다니려고 했다. 걷는 동안에도 혹시 트럭이 사람들을 덮칠까 막연한 두려움이 앞섰다. 그럴 때마다 집주인 할머니의 가느다랗게 떨리던 목소리가 기억나곤 했다. "전쟁이야, 전쟁."

어쩌면 할머니는 물리적인 전쟁뿐만 아니라 불신과 경계로 새로운 공포가 시작되리라는 것을 예견했을지도 모르겠다. 생각이 여기에 미치다 보니, 한국에 들어온 지금도 누군가를 의심하고 경계하며 나 홀로 끊임없는 전쟁을 반복하고 있는 것은 아닌지 뒤돌아보게 된다. 누군가가 나를 음해하지 않을까. 누군가가 나를 해치지 않을까. 나와 가치관이 다르지 않을까. 이 전쟁이 끝나면 피투성이의 나를 마주하게 되지 않을까. 이러한 것들은 도무지 끝나지 않을 전쟁이기에 종종 공포가 되어 내 마음에 무거운 짐을 안겨준다. 그 무거운 짐을 지고 우리는 살아간다. 그래서 어떠한 면에서 삶은 전쟁과도 같다. 그렇다면 우리가 할 수 있는 일은 곁에 있는 이들을 믿는 것뿐이다. 내 안에 있는 두려움과 공포를 이겨내는 유일한 방법은 서로가 서로를 의심하지 않는 것뿐이다.

2장

그토록 수많은 사소함 속에서

삶을 견디게 하는 보통의 것들

말 안 듣는 어른들

어린 시절 나에게 산타란 통 내 말을 들어주지 않는 어른이었다. 다른 친구들은 크리스마스가 지나면 산타에게 받은 로봇이라든가 커다란 자동차 같은 멋진 장난감을 자랑하는데, 내가 받은 선물은 항상 책이었기 때문이다.

12월의 초입이 돌아올 때마다 원하는 장난감을 주십사기도했지만, 도무지 산타 할아버지는 내 말을 들어주지 않았다. 아, 산타 할아버지에겐 내가 바라는 장난감이 없나 싶었다. 그러다 보니, '저 좀 행복하게 해주세요. 책은 저를 행복하게 해주지 않아요'라며 타협을 시도하기도 했다. 해마다 성탄절이 되면 이번에는 내 기도를 들어주셨을까, 졸린 눈을 비비며 거실로 뛰어나갔지만 항상 놓여 있는 것은 책, 그놈의 책이었다.

초등학교 3학년이었을까. 이번엔 다르겠지, 난 정말 올 한 해 착하게 살았으니까. 스스로를 칭찬하며 여느 해와 다름없이 크리스마스트리 앞에 섰다. 마침내 나의 공을 인정해 준 걸까, 트리 앞에는 전에 없이 큰 선물 상자가 놓여 있었다. 기쁜 마음에 포장지를 마구 뜯는데 상자가 무거워 혼자 힘으로 버거울 지경이었다. 그렇게 포장지를 뜯고 내용물을 본 순간, 나는 당황을 금치 않을 수 없었다. 그것은 동화 전집이었다. 한 권도 끔찍한데 수십 권의 전집이라니. 이건 정말 선을 넘은 거야, 차라리 아예 선물을 주지 말지. 좌절감에 젖은 나는 그 자리에 주저앉아 엉엉 울어버렸다.

산타 할아버지의 배신 때문이었을까. 나는 염세적이면서 어른을 믿지 못하는 청소년이 되었다. 세상에 불만이 가득했고 부모님의 충고는 따분하게만 느껴졌다. 무엇이든 내가 다 알아서 잘할 수 있는데 왜 어른들은 내 삶에 관여하려 하는지 도무지 이해가 안 됐다. 부모님이든 선생님이든 어차피 어른들은 내 맘을 알 리 없다고 생각했다.

알아서 (허겁지겁 뛰어가더라도) 학교에 갈 수 있는데 왜 자꾸 이른 아침부터 일어나라 깨우는지, 성적은 (좋지 않더라도) 내 소관인데 왜 자꾸 공부를 종용하는지, TV는 왜 못 보게 하는지, 그리고 왜 내 친구들에 대해 알고 싶어 하는지 알 길이 없었다.

그러다 고등학교에 들어갔다. 사춘기 소년에게 고등학교 진학은 전 우주가 바뀌는 것과 다름없는 일이었다. 익숙한 건물과 친구들을 떠나 새로운 교복을 입고 새로운 공간, 처음 보는 또래들에 적응해야 한다니, 빈손으로 화성에 이주한 지구인의 마음이랄까.

그 시절 나에게 위로가 된 것은 문학이었다. 시기는 바야흐로 20세기에서 21세기로 넘어가려는 시점이었다. 90년대 등단한 젊은 작가들, 은희경, 공지영, 김영하 등이 막 이름을 알리기 시작한 때였고 각 대학들이 문학 콩쿠르를 시작하던 시기이기도 했다. 시는 또 얼마나 삶을 풍요롭게 해주는지, '언젠가 그대가 한없이 괴로움 속을 헤맬 때에 오랫동안 전해 오던 그 사소함으로 그대를 불러 보리라', '울지 마라, 외로우니까 사람이다. 살아가는 것은 외로움을 견디는 일이다', '쳐다보면 숨이 막히는 어쩌지 못하는 순간처럼 그렇게 눈부시게 보내 버리고 그리고 오래오래 그리워했다' 등의 시구를 외우며 사랑을 배웠고 예술을 꿈꿨다.

그때 나는 스물일곱이 되면 반드시 소설가가 되겠다고 마음먹었다. 당시 활동하던 작가들의 평균 등단 나이가 스물일곱이라는 판단에서였다. 열심히 습작하다가 군대를 다녀오면 스물다섯, 그리고 2년 동안 꾸준히 투고하면 언젠가 등단할 수 있으리라는 희망이 있었다. 그렇게만 된다면 세상 사람들이 나의 말에 귀를 기울여 주겠지, 나의 생각을 읽고 이해하려 애쓰겠지. 가슴이 두근거렸다. 그래서 매일매일 책을 읽었다. 장편이든 단편이든 계간지든 눈에 띄는 대로, 문학상 수상집이라면 당연히, 마치 긴 목마름 끝에 오아시스를 만난 사람처럼 허겁지겁 읽었다. 무려 크리스마스 선물들로 다져진 독서 실력이 그때 발휘되었다. 세상의 모든 책을 다 읽을 수 있을 것만 같았고 모든 글이 나의 스승이었다.

어느 봄날, 독서실에서 공부하다가 무료함을 달래려 소설책을 읽고 있는데, 집에서 저녁을 먹고 돌아온 동생이 나를 찾아왔다. 어머니가 전화를 한 통 받았는데 대학교에서 온 수상 소식인 것 같다고 대수롭지 않게 말했다. 문학잡지도 아니고 신춘문예도 아닌 그저 고등학생을 대상으로 하는 대학 콩쿠르였지만, 소설로 상을 받게 된 건 처음이었다. 나는 그 자리에서 벌떡 일어나 집으로 달려갔다. 담당자가 나와 통화하기 위해 기다리고 있는 것도 아닌데, 급히 달려가지 않는다고 수상자가 달라지는 것도 아닌데, 나는 환호성을 지르며 집으로 달려갔다. 아마도 어머니께 직접 그 소식을 전해 듣고 싶어서였을 것이다. 달려가는 길가에는 벚꽃이 흐드러지게 피어있었다.

그러다 문득 멈춰 서서 숨을 고르는데, 바람에 떨어지는 벚꽃잎들이 마치 눈 같다는 생각이 들었다. 순간, 산타들이 생각났다. 크리스마스 때마다 그토록 꾸준히 나에게 책을 보내던 산타들. 책을 보내다 보내다 못해 급기야는 동화전집까지 보냈던 그들. 그들이 선물하고 싶었던 것이 바로 이런 것 아니었을까? 이토록 숨을 몰아쉬며 기뻐하는 나의 모습을 보기 위해 고개를 가로저어도 지치지 않고 책을 보내주었던 것은 아닐까?

그제야 나는 산타가 어떤 존재인지 알 것 같았다. 그들은 늘 내가 원하지 않는 엉뚱한 선물을 가져다주는 것 같았지만 결국 그것은 나에게 필요한 것이었다. 원하는 때에 원하

는 방식으로 선물을 주지는 않지만 적당한 때에 그들이 뿌려놓은 선물이 열매를 맺는다. 결국 더 좋은 방식으로 소원을 들어주고 있었던 것이다.

한때 소설가를 꿈꾸던 소년은 이제 너무 어른이 되어버렸고 소설과는 너무 다른 영역의 학술서를 번역하거나 저술하는 입장이 되었지만, 벚꽃이 흐드러지던 거리를 정신없이 달리던 소년은 종종 내 마음속에서 나타나 마구 발을 굴러댄다. 소년이 발을 구르기 시작하면 나는 잠시 멈춰 서서 숨을 고를 수밖에 없다. 그토록 내 말을 듣지 않고 책이나 가져다주던 산타들이 조금, 고마워서.

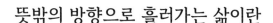

뜻밖의 방향으로 흘러가는 삶이란

 요즘 대학들은 성적 장학금을 등록금에서 차감하는 식으로 수여하지만, 내가 대학생이던 시절 우리 학교는 빳빳한 수표로 직접 장학금을 전해 주었다. 게시판에 각 학년의 성적 우수자 이름을 게시하고 정해진 날짜에 대상자들이 한 자리에 모이면 학장 신부님이 봉투와 상장을 전달해 주는 식이었다.

 좀 재수 없게 들릴지 모르겠지만 나는 종종 장학금을 받았다. 공부를 좋아하는 학생은 아니었지만 성적이 좋지 않으면 학교에서 제적당할 수 있다는 소심함과 불안으로 어쩔 수 없이 공부를 열심히 한 탓이었다. 간혹 공부를 재능이라고 하는 사람들이 있는데 나는 동의하지 않는다. 나에게 공부란 적당한 소심함과 불안으로 인해 꼭 해야 하는 일이었다. 일종의 결핍이 오히려 동기가 되었던 것이다.

내가 다녔던 학교는 시끄럽고 요란한 대학로에 있었지만, 사제 양성을 위해 수도원과 같은 생활을 해야 하는 곳이었기에 외출이 쉽지 않았다. 고학년일 때는 평일에 하루 오후 시간만, 일요일에는 오전 오후 시간에만 외출이 가능했는데, 장학금을 받는 날에는 큰 현금을 개인이 보관하기 힘들다는 이유로 특별 외출이 허락되었다. 은행은 학교 정문에서 기껏해야 도보 십 분 거리에 있었다. 지근거리였지만 장학금이 든 봉투를 갖고 걸어가기엔 꽤나 멀게 느껴졌다. 쉽게 만져볼 수 없는 푸른색 100만 원짜리 수표를 점퍼 안주머니에 넣고 걸어가면 세상 사람들이 모두 나만 쳐다보는 것 같아 식은땀이 흘렀다. ATM기 앞에서는 혹시 누가 돈을 채갈까 걱정되어 쉴 새 없이 주변을 살펴야 했다.

그렇게 입금하고 난 뒤에는 장학금을 어디에 사용할지가 고민되었다. 몇 번 받아본 경험상, 얼마 지나지 않아 그 돈은 술값으로 거의 소진될 것이 뻔했다. 이미 장학금 명단이 게시된 상태였으므로 동기들과 동아리 후배들에게 외출 시에 술을 사야 했던 것이다. 그 외에도 통장에 큰돈이 있으니 씀씀이가 커지기 마련이었다. 술값이 아까운 건 아니었지만 그래도 나를 위해 조금이라도 유용하게 쓰기 위해 장학금을 받을 때마다 나를 위한 물건을 하나씩 사기 시작했다. 값싼 컴퓨터, 프린터기, 책가방 등등 쉽게 휘발되는 것이 아닌 오래도록 쓸 수 있는 물건들. 그 외는 그렇게 술값으로 태워 버렸다.

마지막으로 장학금을 받던 날, 은행에 들어가 입금을 하고 이번엔 나를 위해 무엇을 살까 고민하고 있는데 필요한 것이 좀처럼 생각나지 않았다. 이건 내가 생각해도 좀 재수 없긴 한데, 장학금을 받아 몇 번 필요한 물건을 사다 보니 부족한 것이 사라진 것이다. 그날 저녁, 침대에 누워 음악을 들으며 다리를 까딱이고 있는데 문득 기타 선율이 귀에 들어왔다. 막 출시된 이적의 음반이었다. 통기타 연주로 시작되는 노래가 있었는데, 꽤나 아름다운 음악이었다.

그러자 문득 '이적처럼 연주하며 노래할 수 있다면 좀 더 멋진 사람이 될 수 있지 않을까'라는 생각이 들었다. 계기라는 것이 이런 식이다. 언제나 접하던 사소한 것들이 문득 마음에 깊이 박히면 새로운 사건이 시작된다. 그래, 어차피 살 것도 없으니 새로운 취미를 가져보자. 정신을 차려보니 나는 이미 낙원상가의 어느 가게 앞에서 35만 원짜리 덱스터 통기타를 짊어지고 있었다. 악기상 아저씨는 초보가 입문하기에 약간 비싸긴 하지만 그만큼 소리가 좋다고 추천했다. 기타를 들고 학교로 돌아오는데 지하철 유리문에 비친 내 모습이 꽤나 그럴듯했다. 이건 뭐, 이적을 뛰어넘어 에릭 크랩튼 아닌가? 빨리 멋있는 기타 연주를 하고 싶었다.

하지만 막상 시작하고 보니 기타를 연주한다는 것은 생각보다 어려운 일이었다. F 코드나 Bm 코드와 같은 하이코드는 언감생심, 가장 기본적인 코드도 짚기 힘들었다. 손이 내 마음대로 움직이지 않는 건 둘째 치고, 손가락이 너무 아팠다. 다들 쉽게 치는 줄 알았는데, 나일론 줄을 손끝으로 꽉 누르는 행위는 커다란 통증을 유발했다. 마치 유유히 강가에 떠 있는 오리가 물 밑에서 열심히 다리를 휘젓고 있는 것 같은 느낌이었다. 연습을 계속해 굳은살이 생긴 다음에야 그 통증이 사라진다는 사실을 나중에 알았다. 한편 마음 한구석에서는 '기타를 배우기엔 너무 늦은 나이 아닐까'라는 목소리가 속닥거렸다. 그때 나는 이십 대 후반이었다. 지금 생각하면 뭐라도 배울 수 있는 푸릇푸릇한 나이이지만 그때의 나는 그런 사실을 알지 못했다.

어찌 됐든 이왕 돈을 주고 샀으니 연습은 계속됐다. 수도
원과 같은 생활을 했으므로 오전과 저녁에는 침묵 시간을
지켜야 했다. 연습을 할 수 있는 시간은 연학 시간을 제외
한 오후 잠깐뿐이었다. 힘이 좀 들긴 하지만 기타는 간지가
나니까. 손에 굳은살이 생길 때까지 열심히 연습했다. 이윽
고 웬만한 코드를 전부 짚어내며 그럴듯하게 기타를 치게
되었을 때 나는 충격적인 사실을 깨달았다. 내가 어마어마
한 음치라는 사실을.

결국 이적처럼 노래는 부를 수는 없었지만 그럼에도 기
타는 내 삶의 일부가 되었다. 다른 사람의 노래에 맞춰 연
주하든, 혼자 흥얼거리며 연주하든 기타는 나의 소중한 친
구가 된 것이다. 이탈리아에 갈 때도 낑낑대며 기타 하드
케이스를 짊어지고 갔다면 상상이 되시려나. 눈물이 날 때
는 슬픈 노래를, 기분이 좋을 때는 신나는 곡을 연주하고.
지금이야 바쁜 일상에 기타를 손에 잡기가 쉽지 않지만 그
래도 방 한편을 차지하고 있는 소중한 친구라는 사실엔 변
함이 없다.

그때 장학금을 받고 산 물건들을 생각해 본다. 오래 쓸 것이라 생각했던 컴퓨터, 프린터기, 책가방. 시간이 지난 지금, 그 물건들은 수명을 다해 지금 내 곁에 없다. 남아있는 것은 나의 첫 기타뿐. 꽤나 신기한 일이다. 오래 쓰겠다고 작정하고 산 물건들은 현재 내 곁에 없고 충동적으로 사게 된 기타는 여전히 자리를 지키고 있다니.

생각해 보면 세상일이 다 그렇다. 우리는 마음먹고 인연을 만들려 애쓰고, 무언가를 배우려 하고, 작정하고 버티려 노력하지만 마음처럼 되지 않을 때가 많다. 오랫동안 내 곁에 남아있길 바랐던 것들이 신기루처럼 사라지기도 하고 영원히 행복할 것만 같던 순간들은 꿈처럼 희미해진다. 그런데 의외의 것들, 이를테면 우연한 만남, 계획 없이 구매한 물건, 사소한 충동들이 운명이 되기도 하고 미래가 되기도 한다. 왜 우리의 삶은 종종 뜻밖의 방향으로 흘러가는 걸까. 그래도 그 계획되지 않은 방향이 오히려 좋을 수 있다는 사실은 적잖은 위로가 된다.

세상 어디든
교양 없는 사람은 있기 마련이고

갓 유학을 시작했을 때, 인종차별을 당했다는 사람들의 이야기를 종종 듣곤 했다. 길을 지나다 어린아이들이 던진 돌에 맞은 사람도 있었고, 누군가가 일부러 뿌린 붉은색 와인 세례를 받은 사람도 있었다. 길에서 '노랑이', '원숭이'라는 말이 들리면 그것은 필시 동양인을 조롱하는 것이라 했다.

어느 날 식사 자리에서 한국인 선배가 말했다. 길가에서 어린아이들이 자신을 두고 "노란색 원숭이"라고 외치는 소리를 들었다고. 함께 있던 누군가가 "가만히 있었어?

붙잡아서 혼내줘야 하는 것 아니야?"라고 물었다. 그러자 그가 말했다. "뭐, 어딜 가도 교양 없는 사람은 있으니까." 순간 함께 있던 모두가 고개를 가만가만 끄덕였다. 한국에서도 외국인들을 차별하는 교양 없는 사람들이 있으니까, 그러나 모든 사람이 그러는 것은 아니니까, 굳이 화를 낼 필요가 없음을 깨닫게 된 것이다.

그런데 깨달음이 바로 행동으로 각인된다면 우리의 삶은 얼마나 평화롭겠는가? 하지만 그렇다면 사람이 아닐 테다. 그러한 대화를 나누고 얼마 지나지 않아 기차를 타고 다른 도시로 건너가야 할 일이 있었다. 가까운 도시의 기차는 지정좌석제가 아니므로 편해 보이는 좌석을 골라 앉았다. 얼마 지나지 않아, 검표원이 다가와 건조한 말투로 표를 보여 달라고 했다. 그러고는 몸을 돌려 다른 칸으로 넘어갔다. 주변에 드문드문 앉아 있는 다른 사람들의 표는 전혀 검사하지 않은 채.

순간, 내가 동양인이라는 이유로 무임승차의 의심을 받은 게 아닌가, 하는 생각이 들었다. 어딜 가도 교양 없는 사람들은 존재한다고 하지만 이거 공공시설에서 대놓고 너무한 거 아닌가 싶었다. 당장 쫓아가서 항의라도 하고 싶었지만 유학 생활이 얼마 되지 않은 탓에 회화에 자신이 없을 때였다.

그런데 다음 역, 다음다음 역을 지나며 이것이 나의 완벽한 오해였음을 깨닫게 되었다. 검표원은 매번 기차를 돌며 새로 탑승한 사람들의 표만 검사하고 있었던 것이다. 이것은 유학 생활이 끝날 때까지 풀리지 않은 의문인데, 이탈리아의 검표원들은 새롭게 탑승한 인원과 그렇지 않은 인원을 구분할 수 있는 비상한 능력을 갖고 있다. 그날 '왜 내 표만 검사하느냐'라며 따졌다면 정말 우스운 꼴이 될 뻔했다.

이 정도의 깨달음이라면 조금 더 여유로운 마음으로 유학 생활을 했겠다 싶겠지만 절대 그럴 리 없지. 어느 날 한국인 동료들과 함께 맥주를 마시기 위해 펍에 갔는데, 자리에 앉은 지 한참이 지나도록 종업원이 오지 않았다. 분명우리보다 늦게 온 사람들에게는 메뉴를 가져다주고 주문을 받는데 아무도 우리를 신경 쓰지 않는 것이었다. 한국에는 식당에 차임벨이 있지만 이탈리아에 그러한 최신 문물이 있을 리 만무하다. 손을 들어 몇 번의 신호를 보냈지만 알겠다고 눈짓만 보낼 뿐이었다.

한참이 지나자 불만들이 새어 나왔다. 우리가 동양인이라서 주문을 받지 않는 건가? 그냥 나가라는 얘긴가? 한쪽에선 손이 남는 종업원들이 우리를 바라보며 수군거리고 있었다. 그때의 나는 이미 다년간의 유학 생활을 한 상태였으므로 회화에 자신이 있었고 적당한 용기도 있었다. 이런 부당한 대우를 지나칠 수 없다는 마음에 벌떡 일어나 종업원들에게 다가갔다. 너희는 우리에게 음식을 주기 싫겠지만 기필코 받아내고 말리라. 우리가 돈이 없지 가오가 없나. 등 뒤로 동료들의 비장한 시선이 느껴졌다. 종업원들이 조금이라도 나에게 위협을 가하거나 화를 내면 그들은 당장 뛰어와 나를 도와줄 것이었다.

하지만 그토록 장엄하게 종업원들에게 다가갔을 때 나는 그만 실소를 터뜨리고 말았다. 내가 곁에 있음에도 그들은 나의 존재를 의식하지 못했고 우리 테이블을 주제로 대화를 나누고 있었기 때문이다. 그 내용은 대충 이랬다.

"야, 네가 가서 주문받아."
"나 영어 못 하는데?"
"너는 영어 좀 하냐?"
"나 진짜 못 해. 그냥 네가 가라."

"아, 나 영어 못 한다고!"

　그러니깐 그들은, 동양인과는 영어로 대화해야 한다는 생각에 자신이 없어 차마 다가오지 못하고 있었던 것이다. 웃음이 나오면서도 미안한 마음이 생긴 나는 이태리어로 정중히 "주문을 받아줄 수 있겠느냐"라고 물었다. 그 순간 두 눈을 동그랗게 뜬 그들이 온갖 미사여구를 동원해 "이태리어를 할 줄 아느냐, 어떻게 배웠느냐"라며 칭찬을 쏟아냈다는 이야기. 그리고 이 몇 가지 일들을 경험하고 나서야 비로소 나는 인종차별에 전혀 신경을 쓰지 않게 되었다.

　실제로 유학 생활을 하면서, 같은 상황을 전혀 다르게 받아들이는 두 부류의 사람들을 볼 수 있었다. 첫째는 깊이 분노하는 사람이고, 두 번째는 대수롭지 않게 넘기는 사람이다. 인종차별과 같은 상황 앞에서, 첫 번째 부류는 "이런 교양 없는 사람들, 얼마나 잘 먹고 잘 사는지 두고 보자!"라며 이를 간다. 이러한 사람들은 자기가 사는 지역의 모든 사람에게 불만을 갖게 되고, 내가 왜 이런 대우를 받아야 하는가 한탄한다.

　반면, 두 번째 부류의 사람들은 "뭐 기분이 썩 좋지는 않은데, 그럴 수도 있지"라고 반응한다. 그리고 소수의 잘못을 전체의 것으로 매도하지 않는다. 물론 그렇다고 해서 기분이 상하지 않는 것도, 현실 도피를 하는 것도 아니다. 여기에서 중요한 것은 자신에게 상처를 남기지 않는 것, 그렇지 않은 다른 많은 사람들을 기억하는 것이다. 그리고 실제로 유학을 무사히 잘 마치는 사람들은 대부분 후자의 경우다. 자신이 공부하고 있는 나라에 원망과 증오를 가져서 좋을 게 하나도 없다.

물론 유학 생활을 하는 동안, 나 역시 몇 번쯤인가 인종차별을 경험했다. 누군가는 무례했고 경솔했다. 하지만 그때마다 혼자 중얼거렸다. '뭐, 어딜 가도 교양 없는 사람은 있으니까. 그렇게 해서 손해 보는 것은 그 자신일 테니까. 내가 그런 대우를 받을 사람이 아니란 것을 내 스스로 잘 알고 있으니까.' 그렇게 생각하면 나는 어느덧 교양 있는 사람이 된 것 같아 기분이 좋아지곤 했다.

종종 자신에게 스스로 상처 입히는 사람들을 보곤 한다. 이들은 안타깝게도 자신의 보잘것없음에 한숨 쉬며 타인의 시선을 의식하고 스스로를 꽁꽁 가두어버린다. 단언컨대 그것은 정말 좋지 않은 일이다. 어차피 우리는 상대방의 생각을 다 알 수 없고 상대방 역시 나의 생각을 다 알 길이 없으며 그러므로 우리는 대부분 오해 속에 살아가기 때문이다. 그 안에서 미움과 원망이 생겨난다면 그것은 나에게 손해일 뿐이다. 그러므로 우리가 해야 할 일은 이해와 사랑을 남겨두는 것이다. 그것이 온전히 내 안에 자리 잡으면 나는 어떠한 시선 속에서도 당당해지며, 스스로 밝고 충만한 사람이 된다.

다시금 영어를 못 하는 이탈리아 청년들을 생각해본다. 그들은 어떠한 사정으로 인해, 혹은 굳이 필요성을 느끼지 못해 영어를 배우지 않았을 것이며 그에 더해 용기가 조금 부족했을 뿐 마음은 따뜻했으리라. 이렇게 나는 그들을 마음껏 오해해본다.

우리는 어디론가 떠나야 하고,
떠나온 곳을 그리워하고

이탈리아에 도착하고 이듬해 여름, 처음 자리 잡았던 떠들썩한 어학도시 페루쟈가 지긋지긋해 시골 동네 우르바니아라는 곳으로 이사했다. 하지만 얼마 지나지 않아 그곳에서도 답답함이 느껴지기 시작했다. 무엇보다 그리운 건한국 음식이었다. 페루쟈는 어학을 공부하는 젊은이들이 세계에서 모여드는 곳이었으므로 아시아인들 역시 많았기에 한식이 그리우면 갈 만한 식당이 있었다. 중국인이 하는식당이나 초밥집 같은 곳들. 하지만 우르바니아에는 그 흔한 중국음식점조차 없었다. 시골이니만큼 버스는 다섯 시반이면 끊겼고 주말이면 버스가 아예 다니지 않아 사람들은 말을 타고 다녔다. 아스팔트 도로 위에는 말똥이 군데군데 떨어져 있었다.

　내가 새롭게 지내게 된 곳은 봉쇄 수녀원이었다. 그곳에는 수녀님들이 열 명 남짓 계셨는데 대부분 나이지리아 수녀님이었다. 이탈리아 출신의 수녀님들은 나이가 너무 많아 일을 할 수 없는 처지였다. 젊은 입회자가 없었으므로 나이지리아 수녀님들이 대부분의 일을 도맡았다. 그러다 보니 식사 때가 되면 이탈리아와 나이지리아의 음식이 퓨전 된 메뉴가 나왔다. "부오노 부오노(맛있어요, 맛있어)." 나는 고개를 연신 끄덕이며 숟가락을 들었다.

　실제로 맛은 좋았지만 한식에 대한 그리움이 사라질 정도는 아니었다. 음식을 크게 가리지 않고 예민하지도 않은 성격이지만 '한식과 비슷한 걸 먹어 볼 수만 있다면'이라는 생각이 들기 시작했다. 결국 내가 생각해낸 것은 기차역 주변에 있는 맥도널드였다. 한식은 어차피 꿈도 꿀 수 없으니 한국에서 먹었던 빅맥 세트를 먹기만 해도 고향에 대한 향수가 잦아들 것 같았다. 그리하여 어느 날, 큰맘을 먹고 버스에 몸을 실었다. 맥도널드가 있는 기차역까지는 버스를 두 번 갈아타야 했다.

한여름의 뙤약볕이 쏟아지던 날이었다. 창문에 기대 이런저런 생각에 잠겨 있는데, 누군가 불쑥 내 옆자리에 앉았다. 버스가 텅 비어있었음에도 누군가가 옆자리에 앉자 저의가 의심되었다. 이탈리아에는 소매치기가 많으니 항상 조심해야 한다는 말을 수없이 들었으므로 자연스럽게 몸이 움츠러들었다. 곁눈질로 옆자리를 보니 통화를 하고 있는 여학생이었다. 유럽에서 오래 살아 본 사람들은 알 것이다. 사실 소매치기를 하는 사람들은 자국민이 아닌 주변 국가에서 넘어온, 흔히 집시라 불리는 사람들이 대부분인데, 용모만 봐도 어느 정도 구분이 된다. 그러나 내 옆자리에서 통화하고 있는 사람은 누가 봐도 이탈리아 출신의 백인 여자아이였다. 깔깔대며 통화하는 모습도 여지없는 본토 사람이었다. 그럼에도 불구하고 긴장을 풀 수는 없었다. 나는 주머니에 있는 지갑과 핸드폰을 움켜쥐었다. 그 순간, 내 귀를 의심할 만한 소리가 들렸다. "안녕히 가세요." 그녀가 한국어를 말하고 있었다. 통화를 끝낸 그녀는 곧바로 나에게 말을 건넸다. "안녕하세요, 한국인이죠?"

지금이야 BTS를 비롯해 드라마, 영화와 같은 한류 문화가 널리 퍼져 있지만 당시는 10년 전이었다. 알려진 한국 문화란 삼성과 싸이의 강남스타일이 전부였으므로 이탈리아 사람들에게 한국이란 여전히 멀고 먼 동쪽 나라였다. 그런데 이 외진 마을에서 한국어라니, 내 귀를 의심하는 게 당연했다. 눈을 동그랗게 뜬 나에게 그녀는 선뜻 자신의 팔찌를 보여주었다. '클라라'라는 한글이 선명하게 적혀있었다.

클라라는 대학에서 아시아 문화를 공부하고 있으며 어학연수차 한국에서 1년을 살았다고 했다. 한국어가 그다지 유창하지 않아 결국 이탈리아어로 대화해야 했다. 나 역시 이탈리아어가 유창하지 않아 다소 식은땀이 흘렀지만, 어쨌거나 대화는 자연스럽게 흘러갔다. 한국에 다녀간 외국인을 해외에서 만난다면 음식 이야기를 하라. 김밥이라든지 불고기, 삼겹살 같은 것들. 그것만으로도 30분은 족히 대화가 가능하다. 만약 한식을 먹을 수 없어 맥도널드에 가고 있다면 더더욱 신나게 한국의 음식 이야기를 할 수 있을 테다.

그 만남을 계기로 나는 인근 도시에서 아시아 문화를 공부하고 있는 현지의 학생들을 만나게 됐다. 서너 명의 학생들이 동양에서 온 신부를 보기 위해 한걸음에 달려왔다. 클라라를 제외한 다른 학생들은 아시아 땅을 밟아본 적이 없었지만 한국과 중국, 일본 등의 문화에 큰 관심을 가지고 있었다. 아시아 문화를 공부하기 위해 시칠리아나 칼라브리아 같은 남쪽 지역에서 올라온 학생들이었다.

 클라라는 자신이 먹어 본 음식 중에 라볶이가 최고라고
하면서 자신의 집에 친구들과 나를 초대할 테니 각자의 출
신 지역을 대표하는 음식을 해먹자고 제안했다. 나는 로마
의 한인 마트에서 즉석 떡볶이를 공수했고 생전 해보지 않
은 요리를 해야 했다. 물만 넣어 데우면 되는 즉석 떡볶이
에 고작 라면을 넣는 정도이긴 했지만 어쨌거나 국가를 대
표하는 요리사의 입장이었다. 레시피대로 소스를 넣으면
너무 매울 텐데. 아니나 다를까 떡볶이가 끓기 시작하자 학
생들은 연신 기침을 해댔다.

 식사를 마칠 때가 되자 클라라는 아직 아시아 땅을 밟아
보지 않은 친구들에게 한국이 얼마나 훌륭한 곳인지 설명
하기 시작했다. 서울의 아름다운 계절과 화려한 고궁, 사람
들의 친절함에 대해 이야기하리라 예상했는데, 그녀가 설
명하는 한국의 훌륭함은 의외의 것이었다.

 "한국은 말이야, 화장실이 공짜야." 다들 눈이 휘둥그레
졌다. "다베로(정말)?" "화장실이 지하철역마다 있는데 밥
도 먹을 수 있을 만큼 깨끗해." "아아, 정말 그런 곳이 있다

고?" "그리고 정말 놀라운 건 말이야", 클라라가 말할 때마다 모든 주의가 집중되었다. "지하철 안에서 전화가 터져." '아아 제발, 더 훌륭한 게 많단 말이야'라고 말하고 싶었지만 그러기엔 친구들의 반응이 엄청났다. "정말 그게 가능하다고? 지하철에서 어떻게?" 클라라는 연신 고개를 돌려 나와 눈을 맞췄다. 사실인지 아닌지 입증해 달라는 눈치였다. "응, 한국은 지하철에서도 통화가 가능해. 전혀 끊기지 않아"라고 대꾸했다. "오 미오 디오(오, 나의 주님)!" 연신 감탄사가 터져 나왔다.

클라라의 한국 자랑은 계속되었다. 여전히 아름다운 계절과 고궁 이야기는 나오지 않았고 다른 이야기들이 이어졌다. 24시간 편의점, 안전한 밤거리, 카페에 짐을 두어도 아무도 가져가지 않는다는 것. 그리고 그 정점을 찍은 것은 놀랍게도,

딸기우유였다.

"24시간 편의점에는 딸기우유가 있는데 그게 정말 맛있어. 어디서도 맛볼 수 없는 맛이야." 그러자 누군가가 말했다. "어떻게 딸기와 우유를 합칠 수 있지? 그건 어떤 맛이

야?" 그러자 클라라가 장엄하게 외쳤다. "더 놀라운 게 있어. 바나나 우유도 있다고!"

'오 클라라, 제발 좀. 그건 합성착향료와 착색제로 만든 거야, 더 맛있는 것도 많아'라고 설명하고 싶었지만 그런 어려운 이탈리아어를 내가 알 리가 없었다. 더욱이 뭐가 됐든 '대한민국 만세'라는 생각도 들었으므로, 나는 꽤나 자랑스러운 얼굴로 '뭐, 그 정도쯤이야'라는 표정을 짓고 있었을 것이다. 피자와 파스타, 젤라토를 비롯해 훌륭한 음식 문화를 가지고 있는 이 나라의 젊은이들이 고작 가공우유에 열광하다니, 새삼 놀랄 일이었다.

내일 당장이라도 한국으로 떠나고 싶다는 젊은이들의 말을 들으며 나는 질문했다. 이탈리아에도 뛰어난 문화가 있고 음식이 있고 건축물이 있지 않냐고. 전 세계의 사람들이 모여드는 관광지인데 자랑스럽지 않냐고. 그러자 한 친구가 대답했다. "여긴 아주 오래된 박물관 같아. 나는 높은 빌딩들이 있는 곳에서 살고 싶어." 다른 청년들도 이에 동의한다는 듯 고개를 끄덕였다.

젊은이들의 삶이라는 것이 그렇다. 자신이 경험해 온 것은 금방 고루하게 느껴지고 그때마다 새로운 것에 대한 동경심이 모습을 드러낸다. 가지 않은 삶에 대한 꿈은 마음을 가득 메우고 새로운 무언가를 체험하고 싶어 한다. 이루지 못한 꿈이 평생 사무침으로 남게 될까 두렵고 어디론가 떠나면 당장의 어려움이 해결될 것만 같다.

　그래서 젊은이들은 새로운 환경을 꿈꾸며 어디론가 떠난다. 그 시절의 나 또한 떠들썩한 도시에서 도망쳐 나온 입장이었으니 그러한 삶을 살고 있는 셈이었다. 하지만 여지없이 그리움을 갖게 될 테지. 이런 생각이 들자 젊은이들에게 알려주고 싶었다. 너희는 분명 어디론가 떠나게 될 거야. 그렇지만 곧 너희의 고향을 그리워하게 될 거야. 버스 두 번을 갈아타며 프랜차이즈 햄버거집이라도 찾아갈 만큼 예전의 기억을 그리워할 거야. 하지만 그 말을 할 수는 없었다. 그건 스스로 경험해야 알 수 있는 것들이니깐. 무엇보다, 어차피 우리는 어디론가 떠나야 하는 사람들이니까. 꿈에 부푼 그들 앞에는 저마다의 고향 음식들이 다 식은 채 놓여 있었다. 거의 손대지 않아 퉁퉁 불어버린 떡볶이와 함께.

어른의 조건

외국 생활을 한 지 4년이 지났을 무렵, 나는 본격적인 유학 생활을 시작했다. 지난 4년은 그럼 뭐냐는 질문을 할 테지만 '본격적인', 이 네 글자가 중요하다. 사실 그전까지는 수도원과 사제 신학원에 살았으므로 직접 밥을 해 먹을 필요가 없었다. 그 밖에도 공동 생활시설의 학생으로서 누릴 수 있는 몇 가지 편의가 있었다. 두루마리 휴지가 제공된다든가 공공차량을 이용해 함께 마실 물을 구입한다든가, 하는 일 말이다.

유학 4년째 여름 방학, 나는 영어를 좀 더 배우기 위해 런던으로 떠났다. 영국은 성공회를 국교로 삼고 있는 나라이므로 천주교 사제를 위해 제공하는 편의시설이 거의 없었기에, 따로 집을 구해 약 4개월간의 독립생활을 해야 했다. 런던에 도착해 미리 구해놓은 기숙사에 도착한 순간, 눈앞이 막막했다. 그곳은 이불 하나 없는 완벽하게 빈 공간이었다. 무언가가 있었다면 뽀얗게 쌓인 먼지뿐. 당장 청소가 필요했고 그날 저녁부터 뭔가를 해 먹어야 했지만, 내가 가져간 건 최소한의 옷가지와 컴퓨터, 여행용 위생용품뿐이었다. 이탈리아에서 식기류라도 챙겼으면 좋았겠지만 수도원에서 공동생활을 해온 탓에 애초에 가진 것이 별로 없었다.

결국 런던의 나는 그야말로 혈혈단신이었다. 너무 외롭지 않을까 걱정은 됐지만, 한편으로는 완벽하게 세상에 혼자인 것이 꽤나 근사하게 느껴졌다. 비로소 어른이 된 기분이었다. 일단 어른으로서 당장 생계를 유지하는 데 필요한 용품을 사야 했다. 처음 찾아간 곳은 한인 식품점이었다. 밥솥을 샀다. 부끄러운 말이지만 30대가 되기까지 나는 직접 밥을 해본 적이 없었다. 맙소사, 내가 밥을 한다니! '룰루랄라, 혼자서도 잘해요.' 콧노래가 나왔다. 다음으로 대형 마트를 찾아가 청소도구와 식기류를 샀다. 작은 냄비와

프라이팬, 물컵, 숟가락과 젓가락, 청소도구와 저렴한 이불, 간단한 찬거리와 생수를 샀다. 꼭 필요한 것만 샀음에도 금세 두 손이 무거워졌다.

집에 돌아와 일단 청소부터 시작했다. 창문을 열고 침대 밑에 들어가 집안에 쌓여 있는 먼지를 쓸어냈다. 여름이어서 금방 이마에 땀이 맺혔다. 매 순간 쑥쑥 자라는 사춘기 소년의 기분이 이런 걸까, 이러다 너무 빨리 성장해 금방 늙은이가 되는 것은 아닌지 걱정될 정도였다. 청소를 마치자 어느새 늦은 저녁 시간이 됐다. 이때 필요한 것은 인터넷 검색이다. 1인분 밥 짓는 법, 계란 프라이 하는 법 등을 익혀야 했다. 막상 방법을 습득하고 나니 부족한 게 너무 많았다. 식용유, 소금 같은 자잘한 재료들이 필요했으므로 다시 동네의 작은 마트에 가야 했다. 길을 조금 헤맸고 '무엇을 사야 경제적일까, 이건 정말 필요한 것일까'를 고민했다. 그렇다, 나는 그 순간에도 어른이 되어가고 있었다.

그렇게 독립생활이 시작됐다. 그 밖에도 일은 많았다. 빨래를 싸 들고 내려가 코인 세탁기와 건조기를 돌리고 시간이 되면 찾아와야 했다. 물은 생각보다 금세 떨어져서 낑낑대며 먼 마트에서 사 들고 올라와야 했다. 뒤집개나 국자,

식칼과 같은 조리도구를 사야 해서 예상보다 많은 돈을 지출했다. 도로변에 있는 숙소라 그런지 잠시만 창문을 열어 뒤도 먼지가 금방 쌓였고 가져간 옷가지가 많지 않아 이삼 일에 한 번씩 빨래를 해야 했다. 요리를 하다 손을 데거나 냄비를 태워 먹기도 했다.

처음에 요리할 때는 모든 게 신기했다. '내가 이런 음식을 만들었다고?'라며 사진까지 찍으며 혼자 호들갑을 떨었지만 얼마 가지 않아 나는 요리에 재능이 없음을 깨닫게 됐다. 무엇보다 곤혹스러운 것은 '무엇을 먹을까'에 대한 고민이었다. 가난한 유학생이었고 런던의 물가는 매우 높아서 대부분의 식사를 방에서 해결하고자 했는데, 평소 음식을 해본 적이 없으니 메뉴를 정하는 것도 일이었다. 요리하고 식사하고 치우면 금세 잘 시간이 됐다. 공부를 할 시간도 논문을 쓸 시간도 없이 하루가 금세 지나갔다. '어른의 삶이란, 쉽지 않군.' 혼자 중얼거리다 지쳐 잠든 뒤 아침에 일어나면 또 청소를 해야 했다.

그렇게 얼마의 시간이 지나자 당연히 모든 게 귀찮아졌다. '꼭 요리를 해야만 하는가, 설거지가 필요 없는 최소한의 메뉴는 무엇인가, 물은 하루 한 컵만 마시면 충분하지 않나'라는 현실적인 고민부터, '나는 누구인가, 왜 신은 인간을 이토록 손이 많이 가게 창조했는가'라는 존재론적 고민까지 여러 가지 물음이 머릿속을 헤엄쳤다. '이럴 거면 그냥 어른 안 하고 평생 아이로 살고 싶어요'라고 외치며 엉엉 울고 싶었다.

결국 이 모든 일의 타협점으로 내가 선택한 메뉴는 비빔밥이었다. 밥솥에 고추장과 참기름, 샐러드용으로 판매하는 간단한 야채와 김, 스팸을 쏟아 넣고 비벼 먹으면 꽤나 훌륭했다. 밥솥째 들고 앉아 매일 꾸역꾸역 입안에 밥을 퍼 넣으며 중얼거렸다. "어른이 안 되면 어때, 그냥 이렇게 살다 가는 거지 뭐."

성장하는 것은 퍽이나 어려운 일이다. 시간이 지나면 저절로 어른이 되는 줄 알았지만 그 뒤에는 수없는 시행착오와 노력이 따른다는 사실을 멀고 먼 런던에서 깨달았다. 혼자서 모든 것을 척척 해낼 줄 알았지만 모든 것이 부족했다. 그리고 내가 그나마 성장하기까지 수많은 사람들의 손길이 있었음을 인정하지 않을 수 없었다. 어머니는 매일매일 내 아들 무엇을 해먹일까 고민했을 것이고 그만큼 수없이 많은 찬거리와 식재료를 사 오셨을 것이다. 나의 위생용

품과 마실 물 또한 어느 하나 거저 주어진 것이 없었다. 누군가의 도움과 헌신으로 나는 거저 성장하고 있었다.

이렇게 생각해보면 지금까지 내가 살아온 것은 결코 혼자 해낸 것이 아니라는 사실이 분명해진다. 누군가가 낸 세금으로 공교육을 받았고, 부모님의 정성으로 키워졌으며, 수많은 이들의 사회적 역할로 오늘을 살아가는 사람이 된 것이다. 요리를 좀 못 해도, 개인적인 식기류가 없어도, 내가 (좀 모자라지만) 어른이라 할 수 있는 이유는 바로 여기서 시작된다. 사람 구실을 하게끔 또 다른 어른들의 힘이 모이고 모여 내 삶을 구성한다는 것. 그러니 나는 오늘 또 하루 성장할 수 있는 셈이다. 이윽고 나는 내가 어른임을 인정한다. 홀로 모든 일을 척척 해내는 것이 어른의 최종 조건은 아니라는 것을 깨닫게 되었기 때문이다. 더불어 살아가는 것, 그리고 나 또한 누군가의 성장을 위해 작은 도움을 줄 수 있는 것. 그것이 바로 '어른'의 조건일 것이다.

똥인지 된장인지 알지는 못해도

    학창 시절 논문을 쓰는 일은 지난한 작업이었다. 주제를 정하고 목차를 작성하고 나면 세상을 바꿀 만한 이론을 단숨에 써 내려갈 것 같은 기분이 들지만, 본문 몇 줄을 쓰는 순간 그것이 오산이었음을 금방 깨닫게 된다. 어찌어찌 내용을 써 내려가지만 그렇다고 순조로운 것은 아니다. 쓸수록 이 주제를 쓰는 것이 올바른 선택이었는지 의심이 가기 시작한다. 이뿐만이 아니다. 목차는 제대로 짜인 건지, 너무 어려운 길을 가고 있는 것은 아닌지부터 시작해서 '나는 과연 논문을 쓸 만한 자격이 있는가'라는 의문을 맞닥뜨리게 된다.

그러다 보면 자연스럽게 '교수님이 이 논문을 보고 무슨 생각을 할까' 상상하게 되고, 종국에는 '나는 이렇게나 쓸 모없는 인간이었단 말인가, 글자란 무엇인가' 등등의 잡다한 질문으로 치닫게 된다. 그럼에도 불구하고 학위를 받기 위해서는 무언가를 써야 한다. 죽이 되든 밥이 되든, 똥이든 된장이든.

이런 과정은 출퇴근 시간에 도심 한복판을 운전하는 것과 비슷하다. 처음 내비게이션에 목적지를 입력하면 금세 제시간에 도착할 것만 같다. 하지만 어느새 차가 막히기 시작한다. 도로 공사 중이거나 엎친 데 덮친 격으로 앞 차선에서 사고가 나 있다. 옆 차선으로 끼어들려고 하지만 도무지 자리를 내어주지 않는다. 그러다 보면 '내가 과연 차를 끌고 가는 게 맞는가, 대중교통을 이용하는 게 맞지 않았나'라고 질문하게 되고 '내가 다시는 이 시간에 운전하나 봐라'라며 괴성을 지르게 된다. 그러나 목적지에 도착하기 위해서는 운전을 해야 한다. 시간이 하염없이 늦어져도 별수 있겠는가? 어쨌거나 운전석에 앉아있어야 한다.

논문을 어느 정도 쓴 후에는 당연한 절차로 교수님께 제출해야 한다. 그것이 정녕 글이 아닌 똥이라 하더라도 어쨌거나 교수님께 토스해야 한다. "저기요 교수님, 제가 근사한 걸 만들어 왔습니다만"이라면서 호기롭게 제출하면 좋겠지만, 나는 안다. 그것이 똥이라는 걸. 그런데 어쩌겠는가. 이걸 치워줄 사람은 교수님밖에 없는데. 어찌 됐든 다음 단계를 위해서 보여드리는 수밖에 없다.

자, 그래도 뭔가를 적어 냈고 교수님께 제출까지 했다면 한숨 놓을 거라 여길지 모르겠다. 하지만 본 게임은 이제부터다. 교수님의 답이 올 때까지 간절히 기다려야 한다. 언제 답이 올지 몰라 수업이 끝나고 교수님의 곁을 맴돌아보지만 별다른 반응이 없다. 다음 장을 시작해도 괜찮을지 지금까지 올바로 쓴 건지 묻고 싶지만, 행여나 재촉하는 것처럼 보일까 봐 그럴 수 없다. 애써 마음을 잡으려 이미 발송한 논문을 다시 보지만 '아아 이건 볼수록 진짜 똥이다'라는 것이 분명해진다.

그리고 지금 이 순간, 교수님이 내 똥을 치우느라 정신이 없으리라는 합리적 의심을 하게 된다. 이제 교수님 곁을 맴돌 수 없다. 내가 똥을 드렸으니깐. 그저 죄송한 마음에 자꾸만 피하게 된다. 그래도 한 가닥 희망으로 교수님의 연락이 왔는지 메일과 문자를 재차 확인해 보지만 여전히 무응답이다.

　이러한 상황은 불법 주차한 차주와도 같다. 기껏 약속시간에 도착했지만 주차할 자리가 없어 돌고 돌다가 어딘가에 주차를 했는데 석연치 않은 느낌. 내 차가 무사한지, 혹시 견인차에 끌려가지는 않았는지 영 불안하다. 그 와중에 모르는 번호로 전화가 오면 화들짝 놀란다. 다행히 차에 관련된 전화가 아니라면 다행이라는 생각이 들면서도 불안은 지속된다. 그야말로 답 없는 상황이다.

　그러다가 마침내 교수님의 연락이 온다. 약속 시간이 잡히고 그분의 얼굴을 마주하게 되면, 간절히 기다리던 만남이었음에도 고개를 들 수 없다. 혹시라도 '이런 쓰레기를 가져왔느냐'며 내 똥을, 아니 내 논문을 박박 찢어 버릴까 봐 두렵다. 하지만 이 부분 이 부분을 고치면 되겠다는 교수님의 표정은 꽤나 너그럽다. 실제로 교수님의 말씀대로만 고치면 이건 똥이 아니라 된장 정도는 될 수도 있겠다는 생각이 든다. '오오, 위대하신 나의 스승님이시여, 캡틴! 오 마이 캡틴!' 이 과정을 몇 년간 수없이 반복하다 보면 어느새 논문이 완성되어있다.

학업이라는 것이 그렇다. 책을 읽고 내용을 이해하고 깨닫는 것이 공부의 전부인 것 같지만 정말 수고로운 건 무엇을 얼마나 알고 있느냐가 아니라 그 과정을 어떻게 견디어 냈느냐다. 학위가 있는 사람들을 사회가 인정하는 것은 그 사람의 지식이 뛰어나서가 아니다. 그것을 소유하기까지 쏟은 시간과 들인 공과 내적 고통이 있기 때문이다.

꽤나 많은 똥, 아니 된장을 만들어낸 결과, 어찌저찌 나는 박사학위를 취득했고 이제는 학생들의 논문을 지도하는 입장이 되었다. 논문을 제출하고 내 주변을 맴도는 학생들, 혹은 내 앞에 앉아 '제가 쓴 이것은 똥인가요, 된장인가요'라는 표정으로 앉아있는 학생들을 보면, 학창 시절의 내가 떠올라 귀여워 웃음이 난다. 그리고 한편으로 지금까지 내가 싼 모든 것을 치워주신 교수님들께 감사할 뿐이다.

교수님들은 아는 것이 많아서 학생들 논문 지도 정도는 후다닥 끝낼 수 있을 거라고 생각했던 시절이 있었다. 그러나 그 입장이 되고 보니 이게 얼마나 힘든 일인지 알게 됐다. 강의 준비를 비롯해 여러 가지 일들에 치이다 보면, 또 교수로서 학술지에 실을 내 똥 아니 논문을 작성하다 보면, 가끔은 학생들이 제출한 수십 편의 논문이 부담스러울 때도 있다.

하염없이 논문 지도를 뒤로 미루고 싶을 때도 있지만 마
냥 그럴 수는 없다. 메일과 문자를 수십 번 확인하며 마음
을 졸이던 내 학창 시절의 모습이 그 자리에 있기 때문이
다. 나를 만나고 밝은 표정으로 돌아가는 학생들의 뒷모습
이, 교수님의 지도를 받고 신이 나서 홀가분한 발걸음으로
학교를 빠져나가던 내 뒷모습이기 때문이다. 그리고, 학생
들이 제출한 논문은 똥도 된장도 아닌 꽤 그럴듯한 작품들
인 것도 사실이다.

3장

반짝이는 삶까지는 아니라 해도

삶을 견디게 하는 용기

모든 게 괜찮을 거라는 거짓말

　그러니까 우리는 로마의 공항에서 서로 입을 벌린 채 우두커니 서 있을 뿐이었다. 숙소는 물론이고, 오로라가 보인다는 온천과 빙하 체험 등 모든 것들이 빼곡하게 예약되어 있었다. 그런데 공항에 도착하자마자 갑자기 비행기가 사라져 버렸다니 놀라서 할 말을 잊을 수밖에. 아이슬란드의 기후에 맞춰 미리 두꺼운 옷을 입어서 그런가, 등줄기로 땀이 흘렀다.

　우리가 예약한 비행기는 에어 베를린이었다. 하지만 공항에 도착해보니 항공사의 창구가 굳게 닫혀 있었다. 공항 안내소에서는 항공사가 부도나서 아무도 출근하지 않았으며 당연히 비행기 역시 운행하지 않는다고 했다. 에어 베를린이라는 이름에서 눈치챘겠지만, 독일 항공사를 이탈리아 공항이 책임져줄 리 만무했다. 게다가 우리는 경비를 아끼기 위해 저가 여행 사이트에서 표를 구입한 상황이었다. 다급히 연락해 봤지만 "우리는 중개 업무만 하므로 항공사의 사정은 잘 모른다"라는 대답만 돌아왔다.

취소된 비행기에 대한 보상은 둘째 문제였고 일단 우리는 새로운 비행기 표를 구해야 했다. 아이슬란드는 대한민국보다 면적이 넓지만 오프로드가 아닌 일반 도로는 섬의 가장자리를 잇는 1번 국도 하나뿐이다. 우리는 이에 맞춰 시계 반대 방향으로 무려 일주일간의 숙소와 투어를 예약해 놓은 상태였다. 더불어 아이슬란드의 물가는 살인적이었으므로 일정이 틀어지면 금전적으로도 적잖은 손해였다.

다급하게 공항 안내원에게 아이슬란드에 지금 당장 갈 수 있는 비행기가 있느냐고 물었다. 친절한 안내원은 한동안 검색하더니 활짝 웃으며 말했다.

"메노 말레meno male!"

이태리어에서 메노meno는 뺄셈을, 말레male는 나쁨을 뜻한다. 그러니 이는 '나쁘지 않다', 그러니까 '괜찮다'라는 뜻이 된다. 오오오, "괜찮다"라고 이리 활짝 웃으며 말씀해주시다니. 우리는 안도의 한숨을 쉬었다. 여전히 활짝 웃는 얼굴로 안내원은 설명해 주었다. '괜찮아, 다 괜찮아. 여섯 시간 후에 출발하는 비행기가 있어. 다른 도시를 경유해야 해서 몇 시간이 더 걸리긴 하지만 자정에는 도착할 수 있을 거야.'

"도대체 뭐가 괜찮다는 거지?" 누군가가 중얼거렸다. 꼼짝없이 몇 시간을 기다리다 다른 도시에 가서 한참을 경유해 도착하면 자정이나 될 거라는 잔인한 말을 저리 환한 웃음을 지으며 꺼낼 수 있다니, 변태인가 싶었다. 그래도 별수 있나, 그 비행기가 최선이긴 했다. 괜찮아, 다 괜찮을 거야. 일단 아이슬란드에 도착만 하면 될 거야. 우리는 스스로에게 최면을 걸듯 고개를 끄덕였다.

실제로 아이슬란드의 숙소에 도착해 몸을 녹이니 그걸로 다 됐다 싶었다. 비행기가 취소될 정도의 악운을 극복했으니 이제 앞으로는 괜찮겠지. 이탈리아와 전혀 다른 기후와 환경이 여행자들의 피로를 말끔히 가시게 했다. 그래서 그 여행은 과연 모든 게 괜찮았을까? 다음날 바로 더 큰 문제가 일어났다.

아이슬란드라는 거대한 섬을 시계라고 한다면 공항은 일곱 시 방향에 위치해 있다. 그리고 이튿날 우리는 빙하 투어를 위해 다섯 시의 위치로 떠났다. 그런데 투어를 마치고 차를 몰아 오후 세 시 방향으로 가려는데, 도로가 막혀 있었다. 차에서 내려 공지문을 보니 며칠 전에 내린 폭우로 도로가 무너졌고, 언제 복구될지 모른다는 내용이었다. 한 방향으로 가야만 하는 일정, 유일한, 그러나 끊어진 국도. 숨을 고르고 아무리 머리를 굴려 봐도 다음 숙소에 도달하기 위해선 지금의 위치에서 시계 정방향으로 돌아가는 방법밖에 없었다. 내비게이션을 찍어보니 목적지까지 열일곱 시간이라는 안내가 흘러나왔다.

그나마 다행인 건, 여행을 함께 간 네 명 중 세 명이 운전이 가능하다는 것이었다. 각각 대여섯 시간씩 쪼개어 운전을 시작했다. 아이슬란드의 날씨는 시시각각 변했다. 눈이 오다가 비가 오다가 햇빛이 비추다가 안개가 꼈다. 처음에는 광활한 풍경에 탄성이 나왔지만 얼마 지나지 않아 모든 것이 익숙해졌다. 이제 유일한 목표는 숙소에 도달하는 것뿐. 한시라도 빨리 가서 쉬어야 한다는 생각에 몰입하니 더 이상 어떠한 풍경도 눈에 들어오지 않았다. 운전을 하지 않는 동안은 필사적으로 눈을 붙여야 했다. 날은 금방 어두워졌다.

어느덧 늦은 밤이 되었다. 나는 운전대를 붙잡고 졸음을 쫓아가며 전방을 응시하고 있었다. 짙은 안개가 꼈고 싸락눈이 내리고 가로등은 없었으므로, 그저 헤드라이트에 의지해 바로 앞만 볼 뿐이었다. 그렇게 계속 가속 페달을 밟고 있는데 순간 여러 개의 눈과 마주쳤다. 자동차 안에 있는 동료들의 눈이 아니라 자동차 밖에 있는 무엇들과 눈이 마주쳤다는 말이다. 위험을 직감한 나는 핸들을 돌려 위태롭게 차를 세웠다. 졸고 있던 동료들이 놀라서 벌떡 몸을 일으켰다.

정신을 차리고 앞을 보니 검은 양 떼가 보였다. 그들은 위험했던 자신들의 상황을 아는지 모르는지 도로 위에 잠시 멈춰 서서 우리를 바라보고 있었다. 그리고 아무 일도 없었다는 듯, 너희가 안도의 한숨을 쉬게 되었으니 하던 일을 마무리하겠다는 듯, 도로를 가로질러 제 갈 길을 갔다. 괜찮아, 다 괜찮아. 나는 애써 동료들을 안심시키며 양들의 뒷모습을 바라봤다.

결국 목적지에 도달했을 때, 나와 동료들은 서로의 어깨를 감싸 안았다. 사실 생각해 보면 비행기가 취소된 것도, 도로가 끊긴 것도 충분히 있을 수 있는 일이었다. 또한 그리 되기까지 잘못한 사람은 아무도 없었다. 우연히 일어난 일들이므로, 우리는 별수 없이 그 운명을 마주할 수밖에 없었다. 그렇게 해서 그 후 여행은 무탈하게 잘 끝났을까? 이탈리아에 도착한 우리를 데리러 오던 차가 접촉사고가 나는 바람에, 얼마간의 보상금을 지불해야 했다. 또다시 괜찮아, 다 괜찮아, 토닥이며.

돌이켜보면 그 후로도 내 삶에 비슷한 일들이 일어났다. 느닷없이 불어 닥치던 아이슬란드의 눈처럼 차가운 공기가 내 삶을 지배하기도 했고, 안개가 시야를 가리듯 앞날이 불투명해 보이기도 했다. 갑자기 나타난 양 떼와 같이 느닷없이 내 삶을 가로막는 장애물에 놀라 잠시 멈춰 서야 할 때도 있었다. 때로는 나아가야 할 길이 끊겨 한참을 돌아가야 했다. 그럴 때마다 스스로를 다독였다. 괜찮아, 다 괜찮아. 그것이 거짓말인 걸 알면서도 끊임없이 되뇌었다. 어차피 마주할 수밖에 없는 운명이라면 그것이 최선이었다.

공항에서 활짝 웃으며 괜찮다고 속삭이던 안내원이 지금도 가끔 생각난다. 어쩌면 그녀는 이런 말을 하고 싶었던 게 아니었을까? '너희의 여정은 결코 쉽지 않을 거야. 그곳은 변수가 많은 곳이거든. 아마 고생을 좀 해야 할 거야. 하지만 괜찮을 거야. 다 괜찮을 거야. 물론 이 말은 거짓말이지만 그것이 운명이라면 그렇게 믿으렴. 그러면 정말 그렇게 될 거야. 그리고 그 여정은 앞으로도 계속 그럴 거야. 괜찮아, 다 괜찮을 거야.'

보랏빛 노을이 하늘을 뒤덮을 때

담석 제거 수술을 받아야 한다는 소식을 들었을 때 나는 절망하지 않을 수 없었다. 때는 2013년이었고, 유학을 떠날 날이 얼마 남지 않은 시기였다. 당분간 만나지 못할 사람들과 추억을 만들고, 이태리어 공부에 조금이라도 더 매진하고, 짐을 곱게 싸며 타국에서의 삶을 천천히 준비하길 원했다기보다는 그해의 프로야구가 막바지를 향하고 있었기 때문이다.

시간이 날 때마다 야구장을 찾았던 나에게 이탈리아로의 유학 발령은 일종의 사망선고와 다름없었다. 유학은 내가 원해서 나가는 것이 아니었다. 천주교는 사제 발령에 개인의 의견을 거의 반영하지 않는다. 즉 나는, 나의 의지와 상관없이 이탈리아로 가서 공부하라는 명령을 받은 상태였다. 그러다 보니 출국 전 하루하루를 마주하는 나의 마음은 시들어 가는 담쟁이 잎을 바라보며 슬픔에 빠져있는 『마지막 잎새』의 주인공 심정이었다. 점점 줄어드는 그해의 남은 경기 수를 바라보며 안 그래도 우울함에 빠져있던 시기였다. 때마침 나의 응원팀 엘지 트윈스는 11년 만에 가을 야구 진출을 확정지은 뒤 순위 싸움 중이었다. 한 경기 결과에 따라 순위가 2위부터 4위까지 오르락내리락했다. 이러한 시기에 수술을 받고 병상에 누워있어야 한다니. 몸이 아파 결전에 나설 수 없는 중세 기사가 된 기분이었다. 그나마 다행인 건, 퇴원하는 날 마지막 경기를 직관할 수 있다는 사실이었다.

그렇게 다가온 퇴원 날, 입원기간 내내 아들을 간호하고 숙소에까지 손수 데려다주신 어머니께 나는 공손히 인사를 드렸다. "어머니, 저는 이만 숙소에서 쉬겠습니다. 살펴 들어가세요. 감사합니다." 어머니는 아픈 아들을 혼자 놔두는 게 못내 안쓰러운 듯 연신 걱정의 눈빛을 보내셨다. 잠시 뒤 유니폼으로 갈아입고 절뚝이며 야구장으로 향할

아들의 만행을 상상도 못 하신 채.

그렇게 해서 가게 된 야구장에는 긴장이 감돌고 있었다. 우리 팀은 4위에 랭크되어 있었으나 마지막 경기 결과에 따라 모든 것이 변할 수 있었다. 우리가 상대할 팀은 3위 팀이었고, 같은 시간 2위 팀은 리그 최하위 팀과 맞붙고 있었다. 승차가 워낙 촘촘해서 2위와 3위 팀이 모두 지면, 4위였던 우리 팀이 단번에 2위까지 치고 올라갈 수 있었다. 즉, 무조건 우리가 이기고 다른 팀 경기 결과까지 신경 써야 하는 상황이었다.

수술을 마치고 이제 막 퇴원한 나는 컨디션이 정상일 리 없었다. 함께 간 청년들은 내 얼굴이 창백하다면서 연신 괜찮냐고 물었다. "지금 내 몸이 문제니?" 나는 마지막 결전을 앞둔 중세 기사의 비장한 표정으로 그들을 안심시켰다. 설사 내가 잘못되더라도 내 죽음을 적들에게 알리지 마라, 유서라도 쓰고 싶은 심정이었다.

경기가 시작됐다. 역시나 기적을 바라면 안 되는 것이었을까. 경기는 우리의 뜻대로 흘러가지 않았다. 연신 안타를 얻어맞더니 경기 초반 금세 2점을 내주고 말았다. 상대가

라이벌 팀이다 보니 관중석에는 어느새 패배의 기운이 드리워졌다. '그래도 올해 정말 잘해왔잖아, 수고한 선수들에게 박수를 보내주자.' 경기 중반이 지난 시점, 나는 비틀거리며 관중석 뒷자리를 빠져나와 체념한 상태로 담장에 기대 경기장 밖을 바라봤다.

바쁘게 지나가는 차들 사이로, 경기장의 탄성과 환호 아래로, 그동안 본 적 없는 보랏빛 노을이 펼쳐져 있었다. 아름다웠다. 치열한 경기가 펼쳐지고 있음을 전혀 모르는 듯 구름이 노을 사이에 평화롭게 자리하고 있었다. 평소 풍경 사진을 찍지 않는 내가 경탄하며 연신 휴대폰 카메라의 버튼을 누를 정도였다. 그리고 그 순간, 내가 응원하는 팀의 함성이 웅장하게 울려 퍼졌다. 경기장을 보니 경쾌한 배트 소리와 함께 우리 팀의 타자들이 홈을 향해 질주하고 있었다. 역전이었다.

그 이후의 기억은 매우 단편적이다. 분명 내 몸은 극심한 통증을 호소하고 있었겠지만 전혀 기억이 나지 않는다. 다만 서로 얼싸안은 팬들, 소리를 지르며 환호하는 수많은 사람들의 목소리, 응원단장의 격정적 춤사위만 기억난다. 그리고 경기 말미, 다른 팀의 경기 결과가 전광판으로 전해지는 순간 이 모든 것은 더욱 극대화됐다. 2위 팀이 최하위 팀에게 2:1로 패했다는 소식. 우리는 저물어가는 해와 함께 뜨거운 눈물을 흘리고 있었다. 나의 고통에 보상이라도 해주듯이, 엘지는 기적처럼 최종 순위 2위로 시즌을 마감했다. 우리 팀의 외야수가 마지막 아웃 카운트를 잡아낸 순간, 나는 통증을 완전히 잊어버리고 응원가를 부르며 자리에서 방방 뛰고 있었다. 혹자의 증언으로는 내 입술이 시퍼렜다고 한다.

이날의 경기는 그날 나와 함께한 사람들이 모일 때면 끊임없이 회자되곤 한다. 나는 곧 한국을 떠나야 하는 상황이었고 몇 년간 같은 성당에서 활동한 우리는 다가올 이별을 준비하고 있었다. 성당에서뿐만이 아니라 야구장에서도 많은 시간을 함께했으므로 그해의 마지막 경기는 더욱 특별했다. 마치 잘 쓰인 책의 마지막 페이지를 넘기듯 우리의 한 시기도 그렇게 마감되고 있었다.

아름다운 추억을 공유한다는 것은 아주 특별한 일이다. 그 순간은 시간의 흐름에 따라 점차 물리적으로 멀어지지만 영혼에 선명하게 남아 영원히 기억된다. 한편 아픈 기억은 시간이 지나면 점점 그 크기를 줄여 나간다. 수술 후의 통증이 더 이상 느껴지지 않는 것처럼, 다행히도 신은 인간이 기쁨만을 기억하고 고통은 잊어버리게 만들었다. 그렇게 떠나게 된 유학길에서 나는 외로울 때마다 좋은 추억만을 떠올렸다.

지금도 여러 가지 일들로 체념만이 가득할 때 그날의 보랏빛 노을을 떠올린다. 내가 기대했던 상황이 아니라 하더라도 어딘가에 아름다운 노을이 펼쳐져 있을 것이다. 그것을 바라보다 보면 분명 좋은 일이 생길 것이다. 그리고 시간이 조금 더 지나면 고통은 나날이 희미해지리라.

나에게 삶이란 그런 것이다. 통증이 있지만 기적 같은 일들이 벌어지리라는 믿음. 그런데 현실은 기대와 달리 다소 실망스럽다. 그러나 문득 돌아보면 보랏빛 하늘과 같은 좋은 것들이 함께하고 있다. 그리고 얼마 지나지 않아 기대하지 않았던 일들이 일어난다. 그렇게 서서히 잊혀 갈 여러 가지 아픔들. 그래서 때로는 힘들다 할지라도 인생은 퍽 낭만적인 것이 아닐 수 없다.

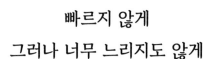

빠르지 않게
그러나 너무 느리지도 않게

충분한 준비 없이 갑작스럽게 외국 생활을 시작한 지 약 3개월이 지났을 즈음, 그야말로 하루하루가 막막했던 날들이었다. 유학 발령을 받은 뒤 부랴부랴 학원에 등록하긴 했지만 고작 몇 개월 배운 문법은 현지에 도착한 지 몇 주 만에 동이 나버렸다. 이탈리아어를 잘하는 날이 오기는 할까? 의문이 꼬리를 물며 마음을 어지럽혔다.

그러던 중 문득, 머리를 식혀야겠다는 생각이 들었다. 영화관에 가자. 영어로 된 영화를 이탈리아어 자막으로 보면 언어 공부도 되고, 좁은 방을 벗어나 스트레스도 풀 수 있으리라. 알아보니 영화관에 가려면 버스를 타야 했다. 자, 영화관도 교통편도 정해졌으니 이제 영화를 정해야겠지. 가능하면 쉬워 보이는 영화를 골라야 했다. 다행히 꽤나 적절해 보이는, 당시 온 세계를 휩쓴 희대의 명작이 있었으니, 「겨울왕국」이었다.

몇몇 정보를 살펴보니 내용도 좋고 영상도 좋고 음악도 좋다고 한다. 어린아이들 대상이니 대사도 쉬울 테고 그와 더불어 음악도 즐길 수 있다. 꿩 먹고 알 먹고, 도랑 치고 가재 잡고, 렛 잇고 렛 잇고, 벌써 설원의 왕자가 된 기분이었다.

영화관에 도착해도 그 기분은 계속되었다. 언어는 부족해도 스스로 버스를 타고 영화관 표도 사고 팝콘과 콜라까지 손에 쥐었으니, 세상에 아쉬울 것이 없었다. 콧노래가 절로 나왔다. 또한 세상은 얼마나 아름다운지, 네다섯 살배기 천사 같은 아이들도 세상 아쉬울 것 없다는 표정으로 주변에 앉아있었다. 나는 그때까지 상상하지 못했다. 곧 충격과 공포와 절망의 시간이 시작되리라는 것을.

일단 영화가 이태리어 더빙이었다. 나중에 알게 된 것이지만 유럽 대부분의 나라는 자막을 쓰지 않고 자국 언어로 더빙한다. 또한 음악으로 듣는 외국어는 생각보다 알아듣기 어려웠다. 무엇보다 나에게 충격으로 다가온 것은 영화관을 가득 메우고 있는 아이들의 웃음소리였다. 나는 전혀 알아들을 수 없는 캐릭터들의 사소한 한마디 한마디에 어찌나 배꼽을 잡고 웃던지. 조금 과장하자면 앞 좌석의 아이가 온몸을 흔들며 웃어대서 멀미가 날 지경이었고, 옆의 아이들은 주체할 수 없는 기쁨에 바닥을 데굴데굴 구르고 있었으며, 뒤에 앉은 아이는 이에 질세라 깔깔거리며 나의 좌석을 끝없이 걷어찼다.

나는 지금 왜 눈사람이 등장했는지, 왜 자매(로 추정되는 인물)들이 싸우고 있는지, 또 왕자는 왜 화를 내는지 알 수가 없는데 모두가 웃고 있다니. 나 자신이 더없이 초라하게 느껴졌다. 영화관을 나오는데 만감이 교차했다. 이런 언어 실력으로 1년 후에 대학원 수업을 들을 수 있을까? 공부를 마치고 한국으로 돌아갈 수는 있을까? 마음이 무거웠다. 나 자신이 더없이 한심했다.

그렇게 돌아와 저녁을 먹는 동안 같은 기숙사에 머물던 할아버지 신부님께 나의 심정을 털어놓았다. 어린아이만도 못한 언어 실력으로 앞으로의 생활이 걱정이라는 나에게 신부님께서는 인자한 표정으로 질문을 던지셨다. "너, 이탈리아에 온 지 얼마나 됐니?" 3개월 정도 되었다고 말씀드리자, 신부님께서는 이렇게 대답하셨다. "그러니 언어가 부족할 수밖에, 이탈리아라는 세상에 태어난 지 고작 3개월밖에 되지 않은 건데. 3개월 된 여기 갓난아이가 너처럼 이야기할 수 없단다. 잘하고 있어. 걱정하지 말렴. 네가 앞으로 열심히만 한다면 별문제 없을 거야."

신부님의 말씀을 듣고 나니 새로운 깨달음이 있었다. 아, 나는 너무 많은 욕심을 부리고 있었구나. 아무런 대가 없이 이탈리아어를 잘하길 원하고 있었구나. 고작 얼마 되지도 않았으면서. 그런 생각이 들자 오래전 나갔던 마라톤 대회가 생각났다.

대학교 2학년 시절, 군 입대를 앞두고 있었을 때의 이야기다. 군대를 다녀온 사람은 알 것이다. 일단 대한민국 남자에게 인생은 두 부분으로 나뉜다. 입대 전과 입대 후. 이 단계의 중간에 있는 2년이라는 인고의 시간은 결코 끝나지 않을 영원처럼 느껴지는 법이다. 이런 생각에 잠식되어 있다 보면, 보통 스스로 군 생활을 잘 마칠 수 있을지 의심이 많아진다. 나 역시 군 입대를 앞둔 평범한 대한민국 남성이었고, 스스로를 몰아붙였을 때 어디까지 참아낼 수 있는지 시험해보고 싶은 마음이 가득했다. 하여간 남자들은 이런 모험심이 문제다.

그래서 선택한 것이 장장 21.0975킬로미터의 하프 마라톤 대회였다. 당시 나와 함께 약 10명이 넘는 동기들이 마라톤을 신청했는데 대부분 축구를 비롯해 여러 운동을 좋아하던 동기들이었다. 반면 나는 운동보다 책을 좋아하는 학생이었다. 그런 내가 마라톤을 신청하자, 동기들이 나를 걱정해 주었다. 평소에 운동도 잘 안 하던 애가 20킬로미터 넘는 거리를 뛰겠다고 덜컥 신청을 했다니 살아 돌아올 수 있을지 걱정되는 것이 당연했다. 그러나 그런 걱정이 귀에 들어올 리가. 이 마라톤에 내 군 생활이 걸려 있는 것을. 마음속엔 죽더라도 뛰다 죽겠다는 비장함이 가득했다.

이윽고 대회 날이 되었다. 신호탄이 울렸고 수백 명이 동시에 뛰기 시작했다. 그런데 함께 출발선에 있던 동기들이 너무나도 빠르게 성큼성큼 치고 나가는 것이 아닌가. '아, 원래 마라톤은 빨리 뛰는 게 정상인가, 나도 저렇게 뛰어야 하나?'라는 생각이 들었지만, 금방 생각을 고쳐먹었다. 저들처럼 뛰다간 얼마 못 가 지쳐 쓰러질 것이 뻔했기 때문이다. 그러니깐 나는 죽더라도 마라톤을 뛰다 죽겠다고 생각만 했지, 그것을 직접 실천할 용기는 없었던 셈이다. 나약한 나는 그저 '완주를 목표로 천천히 달리자'라며 스스로를 다독였다.

그렇게 빠르지 않게, 그러나 또 너무 느리지는 않게 속도를 유지하며 꾸준히 발을 굴렸다. 그렇게 한참의 시간이 지났다. 관절 마디마디가 아파 왔고 겨드랑이가 옷에 쓸려 통증이 이만저만이 아니었다. 차라리 군대를 두 번이라도 가겠으니 당장 멈추고 싶은 심정이었다. 그런데 차차 놀라운 일이 벌어졌다. 나보다 훨씬 빨리 치고 나간 동기들이 중간중간 주저앉아 있는 모습이 보이기 시작한 것이다.

결국 함께 대회에 나간 열 명이 넘는 동기들 가운데, 꾸준히 마라톤 준비를 했던 한 명을 제외하고는 내가 두 번째로 결승선을 통과했다. 그리고 결승선을 거꾸로 돌아가 절뚝이며 걸어오는 몇몇 동기들을 부축해 들어오기도 했다. 그때 나는 깨달았다. 우리의 삶에 있어 중요한 것은 열정도 의욕도 아닌 '꾸준함'이라는 사실을.

마라톤 경험이 떠오르자 이탈리아어도 '천천히, 단 꾸준히 해 나가자'라는 생각이 들었다. 시간이 얼마 되지도 않왔는데 좋은 결과만을 바란다면 그건 좀 양아치 같으니까. 그리고 실제로, 차곡차곡 언어가 늘기 시작했다.

지금 그때의 시간을 떠올려 보면, 유학 생활은 매 순간이 힘들고 고통스러웠다. 하지만 분명한 것은 꾸준하게 감내한 그 시간들이 나를 성장시키는 데 도움이 되었다는 사실이다. 사실 나는 여전히 모른다. 「겨울 왕국」에서 왜 갑자기 눈사람이 등장하고 왜 자매들이 다투었는지, 왕자는 또 왜 화를 냈는지. 하지만 나에게 굳이 그 이유를 알려주지는 말기를. 그것을 아는 순간 세상의 비밀을 모두 알게 되는 것 같아 조금은 섭섭할 것 같다.

상대의 삶을 위로하는 의외의 방법

천주교 사제가 되기 위해서는 약 10년간 신학생으로서 일종의 수련 기간을 거쳐야 한다. 신학생들은 학기 중에는 학교에 머물며 기숙사 생활을 하지만, 방학 때는 거주 지역의 성당에 나가 신부님들을 도와드리며 여러 가지 일을 배운다. 신학생이었던 시절, 내가 모셨던 주임 신부님은 배포가 크신 분이었다. 어찌나 배포가 크시던지, 방학을 맞이한 신학생들을 치킨집으로 데려가셔서는 1인 1닭을 시켜주셨다.

요식업에 종사하거나 양계장을 하시는 분들에게는 더없

이 감사한 일이겠지만, 그리고 치킨을 좋아하는 분들은 지금 당장 개종이라도 해서 신학생이 되고 싶을지 모르겠지만 현실은 언제나 그렇듯 쉽지 않았다. 신부님은 음식을 남기는 것은 죄악이라 생각하는 분이었다. 그러므로 나는 할당된 닭을 한 마리 다 먹고, 자신은 한 마리 다 못 먹는다며 남겨놓은 신부님의 닭까지 모두 먹어야 했다.

다행히도 나는 한때 '부모님이 양계장을 했으면 좋겠다'라는 생각을 할 만큼 치킨을 좋아했으므로 그럭저럭 잘 먹을 수 있었다. 하지만 역시나 세상은 녹록지 않지. 성실하게 치킨을 먹는 나를 보며 신부님께서는 "양이 부족한가 보다" 하시며 마지막에 꼭 치킨 한 마리를 더 시키곤 하셨다. "아닙니다. 배가 부릅니다." 아무리 얘기해도 소용없었다. 돌아오는 대답은 "괜찮아, 더 먹을 수 있잖아"였다. 이에 곁들여 중간중간 건배를 하며 맥주까지 마시다 보면 양계장을 하지 않으시는 부모님께 큰절이라도 올리고 싶어졌다.

식사를 마치고 가게를 나서면 온몸에서 닭 냄새가 났다. 정확히 이야기하면 내부에서 끓어오르는 닭기름이 온몸을 감싸고 있다는 느낌이었다. 그렇게 내가 닭인가 닭이 나인가, 하는 생각으로 집으로 가는 길에 언제나 위기가 닥쳐왔다. 골목골목에서 솔솔 닭기름 냄새를 풍기는 작은 치킨집들 때문이었다. 그것은 곧 나의 내면 깊숙한 곳에 켜켜이 쌓여 있는 닭 냄새와 외부에 존재하는 닭 냄새의 거대한 충돌을 의미했다. 한마디로, 더 이상 닭 냄새를 맡았다간 토가 나올 지경이었던 것이다. 그리하여 닭집들을 지날 때마다 나도 모르게 코를 움켜쥐고 잰걸음으로 빠르게 지나갔던 기억이 난다. 누가 봐도 양계장 집 자식처럼 보이진 않았을 것이다.

이쯤 되면 가혹행위 아니냐고 할지도 모르겠다. 하지만 나는 이에 대해 아무런 불만이 없었고 심지어 감사하기까지 했다. 이렇게까지 정성을 다해 닭을 먹이시려는 신부님의 마음을 알고 있었기 때문이다.

항상 배고팠던 시절, 주임 신부님께서는 할아버지 신부님과 함께 지냈는데 하필이면 이 할아버지 신부님이 소식가였다. 그래서 뭔가를 더 먹고 싶어도 더 먹을 수 없었고, 끝까지 눈치만 보다가 숟가락을 내려놓을 수밖에 없었다. 설령 더 먹으라고 하셔도 괜찮다고 사양하며 아직 채워지지 않은 허기를 꾹꾹 눌러 참아야만 했다. 어른보다 숟가락을 오래 들고 있으면 안 된다는 것이 어려서부터 받은 예절 교육이었다. 돌도 씹어 먹을 판에 음식을 배불리 먹을 수 없다는 사실은 이제 막 사춘기를 벗어난 소년에게 말할 수 없는 괴로움을 안겨주었을 것이다.

이런 경험으로 인해, 신부님께서는 신학생들은 먹어도 먹어도 배가 고픈, 철골도 씹어 삼킬 수 있는 젊은이들이라는 생각을 하신 것이다. 내가 아무리 배부르다고 손을 휘저어도 신부님은 믿지 않았다. 얼마든지 더 먹을 수 있는데 예의를 지키느라 거절한다고 여기셨던 것이다. 어쩌면 당연한 일일지도 모른다. 스스로 그 시기를 거쳐 왔으니까. 자신도 거절했지만 진짜 마음은 그렇지 않았으니까. 결국 내가 할 수 있었던 최소한의 예의는 신부님 앞에서 맛있게 닭을 뜯는 것이었다. 그러한 내 모습을 바라보며 신부님께서는 젊은 시절의 배고픔을 보상받는 느낌이었으리라.

사실 어른들이 젊은이들에게 해줄 수 있는 일은 그리 많지 않다. 삶을 대신 살아줄 수도 없고 애정 어린 조언을 해도 듣는 둥 마는 둥 한다. 젊은이들의 행동을 이해하고 싶지만 도통 이해가 되지 않는다. 그렇다면 결국 방법은 한가지. 마구마구 먹이는 거다. 음식이란 내가 베풀 수 있는 최소한의 애정 표현이니까. 지금 주지 않으면 언제 또 기회가 올지 모른다. 그래서 명절이 되면 부모님들은 자녀들의 입에 뭐라도 더 넣어주려 하고 손에 뭐라도 더 들려 보내고 싶어 한다. 그러니 만약 누군가가 당신에게 음식을 권한다면 되도록 맛있게 먹어주기를. 그것이 뜻밖에도 상대방의 삶을 위로하는 최선의 방법일 수도 있으니.

우리는 지금, 어디에 있어?

학교는 로마 한가운데에 있었지만 내가 살던 기숙사는 로마 외곽에 있었으므로 기숙사로 돌아가기 위해서는 40분가량 기차를 타야 했다. 로마의 몇몇 역을 거쳐 아예 다른 지역으로 나가는 기차였다. 그러니깐 내가 항상 집에 가기 위해 내리던 기차역은 로마의 마지막 역이었던 셈이다.

호기심 많은 학생들은 기차를 타고 반대편을 다녀왔다. 로마의 마지막 역에서 다음 역까지는 긴 터널을 지나야 한다고 했다. 기차가 로마 밖 지역의 교통수단이 되어 계속해서 달린다고 생각하니 마치 수륙양용차처럼 느껴져 묘한 기분이 들었다. 실제로 기차의 종점에는 바다가 있다고 했다.

학교에서 기숙사로 돌아가는 기차는 밤 열 시 반쯤 끊겼
다. 간혹 음주를 하는 학생들에겐 퍽 애매한 시간이었다.
거기에 한국 음식까지 얼큰하게 먹게 된다면 열 시 반은
초저녁과 다름없었다. 허겁지겁 남은 한식을 먹고 소주를
연거푸 털어 넣은 뒤 막차를 타기 위해 서둘러 뛰어가던
골목이 지금도 생생하다.

벌게진 얼굴로 골목을 뛰어다니면서까지 한식을 먹어야
했던 이유는 간단했다. 아무리 파스타와 고기를 좋아하는
사람이더라도 계속해서 외국 음식을 먹다 보면 금방 질리
는 법이다. 한국인은 밥심으로 산다고 하는데 나는 그 말을
정확히 이해한다. 어릴 때는 삼시세끼 햄버거만 먹어도 살
수 있겠다고 생각했는데 외국 생활을 하다 보니 나 역시
어쩔 수 없는 한국인임을 깨닫게 됐다.

기숙사가 학교 도서관과 멀리 떨어져 있었던 탓에 나는
항상 도시락을 갖고 다녔다. 아침에 나온 음식을 주섬주섬
싸 들고 다녀야 했으니 점심은 항상 변변치 않았다. 샐러
드, 토마토, 햄 등을 찔러 넣은 마른 빵이 매일매일의 점심

이었다. 그렇게 대충 끼니를 때우고 오후 늦은 시간이 되면 여지없이 배가 고파왔다. 그리고 가끔 쌀밥이 먹고 싶다는 강렬한 욕구가 차올랐다. 모락모락 김이 나는 뜨거운 흰쌀밥을 먹고 싶다는 생각이 온 머리를 지배했다.

도저히 참을 수 없으면 뜻이 맞는 한국인 친구들과 한인 식당을 찾았다. 일반 이탈리아 음식에 비해 비쌌고 무엇보다 술값이 한국에 비해 네 배 정도는 되었지만 아주 가끔 먹는 한국 음식이 주는 위로는 감히 돈으로 값을 매길 수 없었다.

나는 특별히 오삼 철판볶음을 좋아했다. 나중에 로마를 여행하게 되거든 테르미니역 근처, 아리랑이라는 한국 음식점에서 오삼 철판볶음을 꼭 먹어 보시길. 더 이상 파스타와 피자, 스테이크가 생각나지 않을 것이다.

적당히 자글자글 끓는 시간이 지나 소스가 배어든 오징어와 삼겹살을 한 입 떠먹으면 온종일 책상에 앉아 있느라 쌓인 피로가 날아갔다. 거기에 소주를 입에 털어 넣으면 무릉도원이 따로 없었다. 장담하건대 천국의 메인 요리는 분명 소주를 곁들인 오삼 철판볶음일 것이다. 그렇게 소주가

한 잔 두 잔 들어가면 점점 장소의 개념이 사라지기 시작한다. 한국 음식과 한국인 사장님과 한국 음악과 소주가 있는데 그곳이 어떻게 이탈리아란 말인가. 고국이고 고향이지.

그날도 그렇게 식사를 마치고 골목을 달려 기차에 몸을 실었다. 아침 일찍 나와서 하루 종일 도서관에 있었던 데다가 술까지 마셨으니 잠이 쏟아졌다. 그러다 문득 눈을 떠보니 기차는 터널을 지나고 있었다. 다음 역이 어딘지 알고 싶었지만 낡은 기차의 전광판은 손을 본 지 오래인 듯 아무런 글씨도 보여주지 않았다. 기차에는 나만 덩그러니 있었다. 기차가 터널을 빠져나오기 전부터 나는 직감했다. 내가 내려야 할 역을 이미 지나쳤다는 사실을.

기차가 멈추자마자 뛰어내렸지만 이미 사방이 어두웠다. 기차역을 나가 주변을 둘러봤는데 초라한 아파트들만 있을 뿐 아무것도 보이지 않았다. 혹시라도 로마로 들어가는 기차가 있을까 시간표를 확인했지만 기차는 끊긴 지 오래였다. 새벽의 첫 기차를 기다려야 하는 상황이었다. 결국 모든 것을 포기하고 벤치에 앉아 꾸벅꾸벅 졸기 시작했다. 밤바람이 서늘했지만 아주 못 견딜 정도는 아니었다. 그렇게 얼마나 시간이 흘렀을까, 누군가가 나를 흔들어 깨웠다.

눈앞에는 어디서 왔는지 모를 초라한 행색의 남자가, 정확히는 거지꼴의 남자가 서 있었다. 그가 나에게 물었다.

"Dove siamo(우리는 지금, 어디에 있어)?"

서늘한 바람이 얼굴을 스치고 지나갔다. 내가 역 이름을 알려주자 그는 만족스럽지 못하다는 듯 인상을 쓰더니 어둠 속으로 사라졌다. 그는 자취를 감췄지만 내 마음속엔 그가 던진 질문이 그대로 남았다. 그러게, 우리는 지금 어디에 있는 걸까? 나는 지금 어디쯤 온 걸까? 비슷한 질문들이 꼬리에 꼬리를 물고 이어졌다.

한참 후에 이탈리아 영화관에서 똑같은 질문을 듣게 되었다. 그 영화는 「라라랜드」. 열정적인 사랑의 시기를 지나 서로가 무덤덤한 상태에서 여주인공은 그의 연인을 물끄러미 쳐다보다가 묻는다. "Dove siamo(우리는 지금, 어디에 있어)?" 예전의 관계로 돌아갈 수 없음을 알고 있는 남자는 쓸쓸한 표정으로 대답한다. "그냥, 흘러가는 대로 가보자." 그렇게 그들은 서로를 떠나보낸다. 영화관을 나오며 늦은 새벽 기차역에서 받았던 질문이 다시금 떠올랐다. 나는 지금 어디에 있는 걸까? 지금 어디쯤 왔을까?

나는 지금도 궁금하다. 행색이 초라했던 그 이탈리아 남자는, 새벽녘에 꾸벅꾸벅 졸고 있는 동양 남자에게 왜 우리가 어디에 있느냐고 물어봤을까? 내가 역 이름을 말했을 때 왜 그는 만족하지 못하고 뒤돌아 사라졌을까? '그냥, 흘러가는 대로 가보자'라는 답을 원했던 건 아니었을까?

그 이후, 삶에 지칠 때, 많은 일에 시달릴 때, 인간관계에 혼란스러울 때 언제든 나는 스스로에게 질문을 던지게 되었다. Dove siamo? 우리는 지금 어디에 있어? 명확한 답을 내고 싶지만 도무지 답을 찾을 수가 없다. 그럴 때는 '그냥, 흘러가는 대로 가보자'라는 말로 스스로를 다독인다. 지금 당장 답을 낼 수 없다면 그것이 최선 아니겠는가? 그러니깐 오늘도 내일도, 흘러가는 대로 가보자. 너무 거창할 것 없이.

이토록 창백하고 작은 무대 위에서

처음 천문대를 방문했던 날을 기억합니다. 그날, 종종 함께 책을 읽거나 글을 쓰곤 했던 친구는 갑자기 서울 근교에 있는 천문대를 가자고 했습니다. 사실 저는 별에, 그리고 우주에 그다지 관심이 있는 사람이 아니었습니다. 다른 행성과 항성은, 나에게서 너무나도 먼 다른 세계의 물질이니까요. 외계에 관심을 갖는 사람들, 우주로 떠나려는 사람들이 있다는 사실을 알고는 있었지만 저는 그에 동감할 수 없었습니다. 지구의 문제들만 해도, 아니 내 개인적인 일들만 해도 차고 넘치는 판에 우주라니요. 저에게 우주란 뭐랄까, 컴퓨터의 배경화면에 사용할 수 있는 이미지 정도로 효

용성이 다하는 그런 것이었습니다.

그래도 저는 그날 운전대를 돌려 천문대로 향했습니다. 그건 아주 우연이었습니다. 얼마 전 우연히 라디오에서 칼 세이건의 이야기를 들었거든요. 퇴근 시간, 강의를 가는 차 안에서 무료함을 달래기 위해 틀어놓은 채널이었습니다. 한 과학자가 칼 세이건의 저서 『창백한 푸른 점』에 대해 이야기하고 있었습니다.

1990년, 우주 탐사선 보이저 1호가 지구에서 가장 멀리 떨어진 위치에서 지구를 촬영해 인류에게 전송했습니다. 더 정확히 말하면, 64억 킬로미터 밖에서 촬영한 지구였지요. 아니 그러니깐 난 지금 20킬로미터 떨어진 강의 장소를 퇴근 시간에 가느라 한 시간 반을 허비하고 있는데, 64킬로도 아니고 64억 킬로미터라니. 왜 그렇게까지 해야 했을까 생각이 들기도 했지만, 저는 호기심에 핸드폰을 꺼내 사진을 찾아보았습니다. 태양 반사광에 숨어있는 지구는 아주 희미한 점으로 보였습니다. 동그라미로 표시를 해놓지 않았다면 핸드폰 액정 필름에 먼지가 들어갔나 손으로 비벼 볼 법한 아주 작은 티끌이었습니다. 칼 세이건은 이 사진 속 지구를 '창백한 푸른 점'이라고 명명했습니다. 동명의 저서에서 칼세이건은 다음과 같이 이야기했다더군요. 정확히 기억은 나지 않지만, 대충 이런 내용이었습니다.

 "여기에 우리가 있다. 여기가 우리의 고향이다. 우리가 사랑하는 사람들, 우리가 알고 있는 사람들, 우리가 들어봤을 법한 사람들, 예전에 있었던 모든 이들이 이곳에 있었다. 즐거움과 고통들, 수많은 종교와 이데올로기들, 모든 영웅들과 약탈자, 사랑에 빠진 연인들, 모든 성인과 죄인들이 이 티끌 위에 있었다. 이 역사 안에서, 우리는 서로를 얼마나 오해했는지, 서로를 죽이려 얼마나 애써왔는지, 얼마나 증오했는지를 생각해 보라. 이 사진보다 우리의 오만함을 쉽게 보여주는 사진이 존재할까? 이 창백한 푸른 점보다 우리가 사는 이 터전을 소중하게 다루고 서로를 따뜻하게 대해야 한다는 책임을 적나라하게 보여주는 사진이 또 있을까?"

 이 이야기를 들으며 확인하고 싶어졌습니다. 내가 사는 이곳이 얼마나 작은 티끌 같은 곳인지를. 물론 한편으로는 그것이 사치라는 생각도 들었습니다. 차가 막혀 제시간에 강의 장소에 도착할 수 있을까 전전긍긍하는 형편이었으니까요. 그래도 아주 잠깐, 호기심이 일어났었음은 사실입니다.

그래서 친구가 천문대를 가자고 했을 때, 기꺼이 그러자고 동의한 것입니다. 지구가 얼마나 작은지를 확인하기 위해서는 우주로 올라가야 응당 맞는 이야기겠지만 그럴만한 돈도 시간도 없으니 그저 천문대를 가는 수밖에.

천문대에 올라가기에 앞서 짧은 강의를 들었습니다. 강의는 별자리 설명으로 시작되었는데 퍽 지루했습니다. 내가 알고 싶은 건 큰곰자리, 목동자리, 처녀자리가 어떻게 생겼느냐가 아니었으니까요. 뭐 어차피 빛 공해가 심한 도시에 살아 별을 볼 일도 없으니 크게 흥미가 당기지 않았습니다. 전 그저 지구가 별 볼 일 없다는 것을 확인하고 싶었어요. 도시에서 별 볼 일은 없으면서 지구가 별 볼 일 없음을 확인하고 싶다니. 지금 생각해 보니 좀 우습군요.

별자리 강의가 끝나고 얼마 지나지 않아 다음 강의가 시작되었습니다. 그리고 그 강의는 아주 흥미로웠습니다. 지구와 우주의 주요 행성과 항성의 크기를 비교하기 시작했거든요. 물론 지구보다 작은 행성도 있었지만 그건 몇 개 되지 않았습니다. 해왕성은 지구의 약 3.86배, 천왕성은 3.96배, 토성은 9배, 목성은 11배, 태양은 109배. 이 정도까지야 태양계 내에 있으니 그렇다 치고, 이어서 제가 알지 못했던 여러 가지 항성들의 이름이 나오기 시작하자 저는 놀라지 않을 수 없었습니다. 시리우스는 지구의 186배, 폴룩스는 982배, 아크투르스는 2,834배, 알데바란은 4,818배. 아아, 이 정도로 놀라면 안 됩니다. 그 밖에도 수많은, 훨씬 큰 항성들이 줄을 지어 있었으니까요. 최종적으로 큰개자리 VY는 지구보다 무려 225,521배가 크다고 하니 이 지구가 얼마나 작은지, 우주에서 차지하고 있는 공간이 얼마나 사소한지 상상이 되는지요. 그리고 이 항성과 지구가 3,840광년 떨어져 있다면 또 이 우주는 얼마나 광활한지요. 말로만 설명해서 그렇지 이미지를 직접 비교해 보면 지구는 그야말로 점들의 점, 티끌 중의 티끌이 아닐 수 없었습니다.

그렇게 놀라움을 간직한 채 천문대의 옥상에 올라가 천체 망원경으로 별을 바라보았습니다. 별들은 아름다웠고, 어두운 하늘 위를 반짝이며 빛내고 있었습니다. 그리고 달을 보았습니다. 지구 크기의 1/4밖에 되지 않지만 가장 가까운 천체인 달은 망원경으로 보니 더없이 아름다웠습니다. 반달 모양으로 빛나는 달은 망원경 렌즈의 대부분을 차지할 정도로 거대했고 하얗고 경이로웠습니다. 맞아요. 컴퓨터 배경으로 많이 보던 그 모습이었는데, 직접 눈으로 바라보니 믿을 수 없을 만큼 신기했습니다. 티끌만 한 지구에

서 바라보는 별들과 달은 크기와 거리와 상관없이 최선을
다해 빛을 뿜어내고 있더군요. 그리고 우리를 감싸던 침묵.

　그 침묵 속에서 저는 어리석은 제 자신을 보았습니다. 그
리고 칼 세이건의 말을 인정하지 않을 수 없었습니다. 이
광활한 우주의 티끌 같은 곳에서 우리는 얼마나 많은 미움
을 안고 살아왔는지요. 얼마나 많은 일에 실망하고 오해하
고 좌절하며 살아왔는지요. 우주의 암흑 속에 있는 이 창백
하고 작은 무대 위에서, 우리는 왜 그토록 스스로 외로워하
며 욕심을 내며 살아왔는지요. 그와 동시에 저는 신의 존
재를 느꼈습니다. 누군가는 이 거대한 우주 중에 지구에만
생명체가 있는 것은 말이 안 된다고 하지만, 적어도 우리
가 아는 한 이 거대하고 또 거대한 우주에 생명체가 있는
곳은 이 지구뿐이니까요. 우리가 서로 만나 미워하고 질투
하고 사랑하며 살아갈 수 있음은 비록 사소할 만큼 작지만
기적같이 만들어진 이 지구가 있기에 가능합니다. 이 지구
는 우리가 만들어낸 것이 아닌, 운명과도 같이 만들어진 것
이라는 사실을 저는 느꼈습니다.

　한편으로는, 이렇게 우리가 알게 되었음에 감사하게 되
었습니다. 말할 수 없이 넓게 펼쳐진 이 우주 안에서 그대

와 나는 만나게 된 것이니까요. 그것이 우연인지 운명인지
는 모르겠습니다만 그렇게 우리는 만났습니다. 서로 얼굴
을 마주하는 인연이든, 보잘것없는 글을 통해서 만난 인연
이든, 가족으로든, 사랑하는 사람으로든 이렇게 우리는 만
났습니다. 티끌밖에 되지 않는 창백한 푸른 점에서, 그보다
더 티끌 같은 우리가 만났습니다. 우리가 존재하는 공간을
지구가 아닌 우주로 확장하면 우리의 만남은 보다 더 놀라
운 것이 됩니다. 그러니 소중하지 않을 수 있을 리가요. 그
래서 저는 되도록 주변 사람들을, 그리고 나 자신을 사랑하
고자 결심했습니다. 그것이 먼지와도 같은 주제임에도 스
스로를 밝힐 수 있는 유일한 방법이니.

✦

✦

✦

4장

그럼에도 내 심장은 두근거리고

삶을 견디게 하는 기쁨

충분히 푸르고 젊은 당신

이탈리아의 북쪽 지방, 트렌토 교구의 알프스산맥에 파견 나간 적이 있다. 알프스는 험지가 많아 성당들이 산자락마다 떨어져 있는데, 신자들에 비해 신부가 부족해 비어있는 경우가 많다. 그래서 인근 큰 성당의 신부가 작은 성당들을 맡아 정해진 날에만 가끔 미사를 하는데 부활절이라면 사정이 달라진다. 예수님의 죽음과 부활을 기념하는 중요한 시기이므로 각 성당은 손님 신부들이 한 명이라도 더 와서 온전한 미사를 할 수 있기를 원하기 때문이다.

사정이 그렇다 보니 부활절과 같이 미사가 많은 날에는

로마에서 공부하는 사제들에게까지 도움을 요청하곤 했다. 나 역시 이런 요청을 수락할 수밖에 없었다. 처음에는 한적한 알프스산에서 논문도 쓰고 좀 편안하게 쉴 요량이었다. 하지만 미사를 준비할수록 걱정과 후회가 밀려들었다. 내가 동양인이라 신자들이 싫어하지는 않을지 걱정이 된 것이다.

부활절은 너무나도 중요한 날인데, 동양인 신부가 어색한 억양과 발음으로 미사를 하고 성경을 설명한다면 짜증이 나지 않을까, 나를 우습게 여기거나 무시하지는 않을까, BTS가 좀 더 일찍 유명해졌더라면 보다 당당했을 테지만 아직 그런 호시절이 아니었으므로 후회가 밀려왔다. 그렇게 초대된 지역에 도착해 처음으로 미사를 하게 되었다. 이전에도 이탈리아 성당에서 미사를 하긴 했지만 보통은 다른 신부의 소개와 환대가 있었다. 그런데 지금은 그 누구의 소개도 없이 일곱 개의 성당을 방문해 홀로 미사를 해야 했다. 미사 내내 유난히 고요한 공기가 흐르는 것 같았고 사람들의 시선이 온통 나를 향해 있음이 느껴졌다. 보통 손님 신부들이 온대도 아프리카나 동유럽 신부들이 대부분이었을 텐데, 느닷없는 동양인이라니 놀랄 만도 했다. 애써 긴장을 감추며 이런저런 이야기를 했지만 사람들의 마음은 알 길이 없고 그저 미안한 마음만 들었다. 4월의 알프스산맥은 눈이 남아있을 정도로 서늘한 날씨였지만 등 뒤로 식은땀이 흘렀다.

그렇게 미사를 마치고 성당을 나서는데, 누군가가 부르는 소리가 들려왔다. 고개를 돌려보니 마당 한편에 할머니들이 모여 있었다. 그리고 기다렸다는 듯이 동작을 맞추어 일제히 나에게 달려오는 것이었다. 영화 「타짜」의 대사처럼 싸늘했고, 가슴에 비수가 날아와 꽂히는 기분이었다. 이 영화에서는 다음과 같은 대사가 이어진다. "하지만 걱정하지 마라. 손은 눈보다 빠르니까." 도박판과 성당은 너무나도 다른 곳이지만, 나는 주인공의 심정과 똑같았다. 몇 년을 이탈리아에서 살았다고 한들 나는 그들과 너무나도 다른 사람이니까. 나의 발음과 억양은 분명히 다를 테니까. "하지만 걱정하지 마라. 발은 눈보다 빠르니까"라는 심정으로 냅다 도망치고 싶었지만 안타깝게도 할머니들의 발이 내 발보다 빨랐다. 그리고 상상하지 못했던 일이 일어났다.

내 앞에 다가선 은발의 할머니들은 눈을 동그랗게 뜨고는 이탈리아인 특유의 제스처로 손가락을 모아 흔들며 외쳤다.

"Che giovane!(와아아, 젊다!)"

그러고는 이렇게 젊은 신부는 오랜만이라며 내 팔을 마구 쓰다듬었다. 모든 것이 순식간에 일어났다. 그 순간 나는 깨달았다. 인종, 언어, 억양보다 젊음이 훨씬 중요하다는 사실을.

며칠이 지나 부활 전 금요일이 되었다. 성 금요일이라 불리는 이날의 미사는 다소 특이하다. 사제가 입장해서 예수님의 죽음을 묵상하기 위해 제대 앞에 잠시 엎드리는 예식을 하기 때문이다. 그러므로 나는 당연히 입당하자마자 제대 앞에 엎드려 묵상을 하고 일어나 미사를 시작했다.

모든 전례가 끝나고 성당을 나서는데 또다시 놀라운 일이 일어났다. 다른 할머니 무리가 나에게 몰려와서는, 오늘 전례가 너무 아름다웠다고 말씀하시는 것이었다. 일반적인 예식을 거행했을 뿐인데 왜 이렇게 경탄해 마지않나 의아해하는데, 할머니들이 이구동성으로 말씀하시기 시작했다. 이탈리아의 신부들은 나이가 너무 많아서 제대 앞 대리석에 엎드리면 무릎이 아파 일어날 수 없으므로 이 예식을 경험한 지 오래되었다는 것이었다. 그런데 젊은 사제가 이토록 겸손한 모습으로 묵상을 하니 참으로 아름답고 감동적이었다는 말씀. 나는 그때 또다시 깨달았다. 사제의 연륜, 경험, 영성의 깊이보다 젊음이 더 중요하다는 사실을.

사실 그때의 나는 스스로를 젊다고 생각하지 않았다. 실제로 삼십 대 중반의 나이는 청춘이라고 하기엔 애매하고 중년이라고 하기엔 이르다. 어쨌든 청춘은 지나간 것 같았고 어디를 가도 어른이라고 말할 수는 있는 나이라고 생각했었다. 하지만, 그보다 곱절은 나이가 많은 사람들 앞에서 나는 충분히 푸르고 젊은 사람이었다.

젊음이란 게 그렇다. 정작 본인은 스스로가 얼마나 젊은지 모르고 그것을 흘려보낸다. 내일의 나보다 지금의 내가 얼마나 빛나는 존재인지 모르고 우리는 종종 우두커니 머물 뿐이다. 그리고 얼마간의 시간이 지나서야 깨닫는다. 어느새 그때의 젊음이 지나갔음을. 그러면서 또 지금의 젊음을, 지금의 시간을 허비한다. 누군가 나의 젊음을 바라보며 경탄하고 있는 줄 모르고.

그렇게 부활절이 지나고 알프스의 산자락을 떠날 때가 되었다. 짐을 정리해 기차역으로 출발하려는데 산책을 하던 할머니 한 분이 나를 부르셨다. 미사 때마다 맨 앞줄에서 기도를 드리던 분이었다. 그분은 조용히 내 손을 잡으시더니 2유로짜리 동전을 쥐어주셨다. 그러고는 멀리 가는 길에 커피라도 사 먹으라고 속삭이시는 것이었다. 젊은 신부가 와서 참 좋았다는 말씀과 함께. 감사의 인사를 드리고 돌아서며, 불과 며칠 전 근심에 가득 차 있던 내 모습을 떠올렸다. 사람들이 나를 우습게 여기거나 무시하지는 않을까 걱정하며 진땀을 흘리던 내 모습을. 그러자 스스로가 얼마나 빛나는지 모르고 위축되어있던 나 자신에게 조금 미안한 마음이 들었다.

그로부터 몇 년의 시간이 흘렀다. 지금의 나는 분명 그때의 나보다 나이가 들었다. 그럼에도 불구하고 내가 빛나는 존재라는 생각에는 변함이 없다. 나는 영원히 내일의 나보다 젊고 누군가는 내 젊음을 부러움의 눈길로 바라볼 것이므로. 지금의 나를 걱정으로 소비해 버리기에 나는 여전히 젊다. 당신도 그렇다.

마치, 돌에 새겨진 글씨처럼

요즘은 AI가 청자의 취향에 맞춰 음악을 추천해 주는 세상이지만 내가 중학생이었던 시절만 해도 그런 기술은 상상 밖의 일이었다. 그러한 의미에서 당시의 신문물은 편집음반, 다시 말해 컴필레이션Compilation 앨범이었다. 이미 발표된 음악 중 대표곡들을 모아 편집한 컴필레이션 앨범 중 압도적 인기는 NOW, MAX 같은 팝송 앨범이었다. 한국 가요야 티브이나 라디오로 접할 수 있었지만 팝송은 통 듣기 어려운 장르였으므로, 이제 막 중학교에 올라간 학생들은 영어공부를 핑계 삼아 이런 앨범을 구해 들었다. 대표곡들만 엄선되었으므로 실패 가능성이 적었고 유행이 시작되기 전 빌보드의 동향을 미리 가늠해 볼 수 있는 좋은 기회이기도 했다.

당시에는 락 혹은 갱스터 랩 장르가 유행했던 것으로 기억한다. "서서히 사라지기보다 한 번에 타오르는 것이 낫다"라는 말을 남기고 스스로 세상을 떠난 커트 코베인이라든지 용의자가 밝혀지지 않은 채 살해당한 투팍이나 비기와 같은 힙합 가수들의 이야기는 사춘기 소년의 마음을 사로잡았다.

이후에는 보이밴드라 불리는 틴팝 장르가 유행하기 시작했다. 백스트리트 보이즈라든지 엔싱크, 웨스트 라이프 같은 그룹들. 그중에서도 내 마음을 끌었던 것은 깔끔한 용모와 매력적인 음색의 백인 소년들이 주축인 백스트리트 보이즈였다. 부드러운 화음과 리듬감 있는 댄스곡들은 세련 그 자체였다. '뒷골목 소년들'이 아닌 '백스트리트 보이즈'라니 얼마나 세련된 이름인가? 애즈 롱 애즈 유 러브 미 베이베. 나는 이들의 앨범을 그야말로 테이프가 늘어지도록 들었다.

중학교를 졸업하고 고등학교에 진학하며, 이들은 자연

스럽게 기억 속에서 잊혀 갔다. 정확한 이유를 콕 집어 말할 순 없지만 한국의 팝 음악이 비약적으로 발전해서 그러지 않았을까 싶다. H.O.T를 시작으로 우리나라도 그럴듯한 보이 그룹을 보유하기 시작했고, 무엇보다 S.E.S와 핑클 같은 걸 그룹이 탄생했다. 비록 서로 디스하다가 유감스럽게 총에 맞아 유명을 달리하는 예술가적 스토리는 갖고 있지 않았지만, 충분히 멋지고 세련된 음악을 들려주었으며 무엇보다,

예뻤다.

S.E.S는 노래했다. "나를 믿어주길 바라." 그럼요, 누나들이 그렇다면 믿어야죠. 핑클은 노래했다. "이것 봐, 나를 한 번 쳐다봐." 암요 암요, 누나들만 쳐다보겠습니다.

백스트리트 보이즈가 다시 기억 속에서 되살아난 건 이탈리아 유학길에 오른 지 약 6개월이 지났을 무렵이었다. 당시 나는 이탈리아 중부의 작은 도시로 어학원을 옮긴 상태였다. 기차 노선이 없는 작은 도시여서 로마에 한 번 다녀오려면 꼬박 여섯 시간이 걸렸다.

어느 날 인근 도시의 기차역에 내려서 버스를 기다리고 있는데, 어디선가 본 듯한 인물들의 포스터가 정류장에 붙어있었다. 백스트리트 보이즈의 콘서트를 알리는 포스터였다. 이런 시골 동네에서 이들이 공연을 한다는 것이 믿기지 않았는데, 그 도시는 단지 로마에서 떨어져 있을 뿐, 유명한 콘서트가 종종 열리는 음악 도시라는 사실을 나중에야 알았다. 이제는 '보이즈'라는 말이 어울리지 않는 중년 아저씨가 되어버린 그들이었지만 그래도 용케 해체하지 않고 국제 순회공연을 이어가고 있는 모양이었다. 그토록 좋아했던 팝 그룹이 때마침 내가 사는 도시의 인근에서 콘서트를 한다니. 나는 인터넷 사이트에서 서둘러 표를 구입했다.

몇 주가 지나 콘서트가 열렸을 때, 나는 그들의 전성기 시절 소녀였을, 지금은 아주머니가 되어버린 중년 여성들 사이에 앉아 있었다. 다소 젊은 층도 보였지만 대부분은 나보다 나이 든 사람들이었다. 하기사 그때 내가 중학생이었으니 이들은 그 시절 20대였겠지. 나 역시 이제는 서른을 갓 넘은 상태였다. 불행인지 다행인지 나보다 더 아저씨가 된 백스트리트 보이즈는 다시금 시간을 되돌려 그 시절의 춤을 췄고 노래를 했고 심지어 텀블링까지 선보였다. 그런데 참으로 신기한 광경이 펼쳐졌다. 공연이 시작되기 전에는 나보다 나이가 많아 보였던 관중들의 얼굴이 점점 젊어지기 시작했다. 함께 노래를 부르고 흥에 겨워 춤을 추고 있는 이들은 어느덧 소녀가 되어 있었다. 무대에 있는 이들 역시 한때 빌보드를 휘어잡던 소년들의 모습 그대로였다. 그때 누군가 나를 봤다면 중학생으로 봐주지 않았을까, 하고 생각하면 좀 양심 없는 것이려나.

리버풀에 갔을 때 비틀즈 박물관을 방문한 적이 있다. 그곳에는 콘서트에서 환호하고 있는 팬들의 사진을 실제 사이즈로 출력해 벽을 꾸며 놓은 장소가 있었는데 사진 속 소녀들은 한결같이 소리 지르며 감격의 눈물을 흘리는 모습이었다. 사진에 대한 설명에는 다음과 같이 적혀있었다. "더 이상 팬들은 그들의 음악을 듣는 것 같지 않았다. 그저 그들을 볼 수 있는 것만으로 행복해서 비명을 질렀고, 이제 비틀즈는 무대 위에서 자신들이 부르고 있는 노래조차 제대로 듣지 못할 지경이 되어 버렸다."

그 소녀들은 지금 무엇을 하고 있을까. 비틀즈의 활동 연도가 1962년에서 1970년 사이이니 당시 십 대, 이십 대였다면 지금은 약 70세가 넘어버린 노인일 테다. 하지만 콘서트장에서 비틀즈 멤버들의 이름을 연호하던 때를 선명하게 기억하고 있겠지. 그들의 음악을 들을 때면 여전히 소녀의 미소를 짓고 있겠지. 이것이 음악이 가진 힘이다. 팝이든 클래식이든 어떤 장르든 음악과 함께 마음에 새겨진 기억은 그대로 박제된다. 그 기억은 희미해져 있다가도 그 음악을 듣는 순간 자연스럽게 모습을 드러낸다. 마치, 돌에 새겨진 글씨처럼.

음악과 관련해 나에게 새겨져 있는 순간이 있다면, 다시금 컴필레이션 앨범 얘기를 하지 않을 수 없다. 당시는 스마트폰 시대가 아니고 음악 어플도 없었으므로, 공테이프를 이용해 자신이 나름대로 직접 컴필레이션 앨범을 만드는 것이 유행이었다. 그러니까 라디오를 듣다가 디제이가 가수와 노래 제목을 소개하면 카세트플레이어의 버튼을 재빨리 눌러 테이프에 녹음하거나, 카세트플레이어 한 칸에 원곡을 틀고 다른 칸에 공테이프를 집어넣어 곡을 복사하는 형식이었다. 이렇게 만든 자작 컴필레이션 앨범은 대부분 자신을 위한 것이라기보다 누군가에게 마음을 전달하기 위한 것이었다. 한마디로 자신이 전하고자 하는 마음을 음악으로 표현하는, 낭만과 정성이 가득한 선물이랄까.

아직까지도 내 방에는 그 시절 선물받은 몇 개의 카세트 테이프가 있다. 케이스에는 그 선물을 준 사람이 꾹꾹 눌러 쓴 곡 제목이 있다. 안타깝게도 테이프를 재생할 수 있는 기기가 없지만, 노래의 제목과 가사들을 떠올리기만 해도 그 사람의 마음을 충분히 읽어낼 수 있다.

그때는 그 마음을 미처 가늠하지 못해 지나쳐버리기도 했으리라. 그리고 생각한다. 이 또한 음악의 힘임을. 시간이 지나도 마음을 그대로 전달할 수 있다는 것, 그리고 뒤늦게나마 그 마음을 일깨워주는 것. 거기에는 그 시절의 내가 그대로 있다. 마치, 돌에 새겨놓은 글씨처럼. 아주, 선명하게.

한순간에 바뀌어 버리는 인생이란

　　김영하의 소설, 『나는 나를 파괴할 권리가 있다』는 다음 문장으로 끝이 난다.

　　'왜 멀리 떠나가도 변하는 게 없을까. 인생이란.'

　　이 문장을 읽은 건 고등학생 때지만 내 마음에 새겨진 이래 쉽게 머릿속을 떠나지 않았다. 실제로, 외국에 .나가 오랫동안 지내도 보고 임지도 여러 번 바뀌었지만, 정말이지 내 인생은, 내 삶은, 좀처럼 바뀌지 않았다. 고민이 해결되면 또 다른 고민이 생겨났고 목적을 이뤄도 그 기쁨은 잠시

뿐이었다. 이러한 일이 반복되자 일종의 허무주의자가 되어버렸다. 모두가 다 비슷한 삶을 살고 있겠지, 모두가 다 비슷한 고민을 안고 살아가겠지. 이 일이 해결되고 나면 또 다른 일이 나를 기다리고 있겠지. 그러다가 세상을 마감하는 거겠지. 왜 어딜 가도 변하는 게 없을까. 인생이란.

물론 매일매일 이러한 생각에 머물러 있지는 않았지만, 문득문득 덮쳐오는 허무는 어찌할 수 없었다. 1년 동안 준비한 학회 날짜가 다가오자 다시 이 문장이 떠올랐다. 꽤나 큰 학회에서 발표한다는 것은 영광스러운 일이었고 제법 욕심이 나는 일이기도 했지만, 한편으로는 이 발제가 끝나면 또 다른 과제가 생겨나겠지, 하는 생각이 드는 것도 사실이었다.

그렇게 광주 소재의 대학에서 학회 발표를 앞두고 있던 때에, 학회 담당 교수님은 하루 일찍 내려와 학교 기숙사에서 묵으라고 했다. 아침 일찍 일정이 시작되므로 전날 미리 도착해 쉬는 것이 좋을 테니 여러모로 감사한 배려였다. 하지만 나는 일정이 많아 당일에 가겠다는 말로 교수님의 호의를 단칼에 거절했다. 밀린 원고와 번역, 수업 준비 등으로 어쩔 수 없었다면 좀 멋있어 보이겠지만 사실, 응원하는 야구팀이 29년 만의 한국시리즈를 앞두고 있었기 때문이었다.

1, 2차전이 화요일과 수요일에 열리고 목요일 하루 휴식 뒤 금요일과 토요일에 3, 4차전이 이어지는 일정이었다. 운명적으로 하루 휴식일인 목요일에 학회가 있었으니 그야말로 하느님이 나에게 베푸신 배려처럼 느껴지던 참이었다. 보통 사람들이라면 어쩔 수 없다고 생각하며 한 경기 정도는 티브이로 볼 법하지만 나는 29년간 우승을 간절히 기다려온 베이스볼 키즈였다. 정말 우승을 할 수 있을지 알 수는 없었지만 어쨌거나 나는 모든 경기에 가야 했다. 교수님, 죄송합니다만 저에게 야구란, 정말 중요한 일정이었습니다.

그렇게 시작된 한국시리즈 1차전은 허무하게 패배했다. 통계상 1차전 승리 팀의 우승확률이 74%라고 하니 여러모로 분위기가 좋지 않았다. 2차전의 날이 밝았다. 원고는 미리 준비해 두었으니 다음날 있을 학회는 사실상 내 손을 떠난 일이었다. 7전 4선승제의 경기에서 2차전까지 진다면 그야말로 나락이었다. 야구에 왜 그렇게까지 목숨을 거냐고 묻는 이들이 있겠지만 나에게 야구는 운명과도 같은 것이다. 나에게 바꿀 수 없는 세 가지가 있다면 첫 번째는 부모님이 물려주신 성, 두 번째는 종교, 세 번째는 응원하는 야구팀이라는 말이다.

때는 11월이었고 날씨는 너무 추웠다. 어렵사리 구한 외
야석에 앉아 핫팩으로 손을 데우다 보니 경기가 시작됐다.
운명의 장난일까. 1회부터 우리 팀 투수가 안타와 볼넷을
내주더니 금방 4대 0이 되어버렸다. 초반에 큰 점수를 내주
고 나니 패색이 짙었다. 맙소사. 거대한 침묵이 관중석을
뒤덮었다. 함께 간 청년들의 입에서도 쉴 새 없이 한탄이
흘러나왔다.

그렇게 끌려가던 중, 일행 중 누군가가 어렵게 입을 뗐
다. "이건 설마... 저 때문이 아닐까요? 제가 왔기 때문에...
지는 것 같아요." 벼랑에 몰린 병사의 마음으로 그는 자리
에서 벌떡 일어나 밖으로 나갔다. 자기가 직접 보지 않으면
선수들이 조금이라도 잘하지 않을까, 하는 기대로 경기장
복도에 있는 티브이로 시청하려는 듯했다.

한참 지나도 점수가 나지 않자 그가 들어왔다. "저는, 아
닌 것 같아요." 그렇게 함께 간 네 명은 한 명씩 돌아가며
자리를 떴다. 나 역시 혹시나 하는 마음에 위기 때마다 관
중석을 벗어날 수밖에. 우리가 선수들을 위해 할 수 있는

최소한이자 최선의 노력이었다. 복도에 서서 천장에 매달린 브라운관을 바라보며 생각했다. 그냥 광주에 갈 걸. 엄동설한에 지금 뭐 하고 있는 거지? 갑자기 학회 발표에 대한 부담감이 물밀듯 밀려왔다.

우리의 염원 때문이었는지, 다행히 점수는 더 벌어지지 않았고 야금야금 따라붙었다. 스코어는 4대 3. 몇 번을 번갈아가며 나갔다 들어왔다를 반복하며 느낀 건, 결국 누구의 탓도 아니라는 결론이었다. 그래, 우리 한번 믿어보자. 그냥, 목청껏 응원해 보자. 주자가 한 명 나가 있는 상황에서, 그렇게 마지막 선수가 타석에 들어섰다. 상대팀 투수는 날카로운 공을 던지는, 쉽게 공략할 수 없는 선수였다. 안타라면 좋겠지만 제발 볼넷이라도. 날카로운 초겨울 바람 속에서 여기저기서 간절한 외침이 터져 나오는 가운데, 투수가 초구를 던졌고 타자는 배트를 돌렸다. 홈런이었다. 맙소사! 4대 5, 역전이었다.

이런 경기를 본 적이 있다면 알 것이다. 딱, 소리와 함께 공이 외야 펜스를 넘어가는 순간, 세상이 멈춘다. 몇 초간의 정적. 사람들은 생각한다. 지금 이게, 무슨 일이지? 그리고 자문한다. 아니야, 그럴 리 없어. 이건 있을 수 없는 일이야. 나에게 이런 기적이 일어날 수 없어. 하지만 홈런을 친 선수가 두 팔을 벌린 채 베이스를 돌고 있다. 거대한 침묵 뒤, 사람들의 함성에 천지가 흔들린다. 기적처럼 벌어진 일이 사실임이 증명되는 순간. 일순간 사람들이 기쁨에 겨워 얼싸안고 눈물을 줄줄 흘리고 있다.

다음 날 새벽 네 시경, 광주로 내려가는 기차에 몸을 실었다. 혹시라도 새벽에 일어나지 못할까 봐 뜬눈으로 밤을 새운 상태였다. 미칠 듯이 잠이 쏟아졌지만 전날의 극적인 경기 탓에 정신은 극도로 흥분되어 있었다. 마음을 잡고 학회 원고를 다시 읽어보려는데, 오랫동안 나를 사로잡았던, '왜 멀리 떠나가도 변하는 게 없을까. 인생이란'이라는 문장과 함께 펜스를 넘어가던 공이 생각났다.

과연 나의 인생은 변하는 게 없을까? 나는 줄곧 한숨만 쉬다가도 공 하나에 모르는 사람들과 부둥켜안고 눈물을 흘리는 사람이 아닌가? 극적인 변화는 없을지라도 이런 기적 같은 기쁜 일들이 계속해서 일어나고 있지 않은가? 거대한 숙제가 풀리는 기분이었다. 인생이란, 때론 멀리 떠나도 변하는 것이 없다가도 불현듯 행운과도 같은 일에 한없이 행복한 것이었다.

그렇다면 그날, 밤을 지새우고 참여한 학회 발표는 어떻게 되었을까? 청중의 마음을 알 길이 없으므로 성공적이었는지 아닌지는 장담할 수 없지만, 확실한 건 백 명이 넘는 청중들을 상대로 발표를 하는데도 전혀 떨리지 않았다. 29년 만의 우승을 목표로 남아 있는 경기들이 워낙 중요하게 느껴졌기 때문인지는 모르겠지만, 어쨌거나 개인적으로는 만족스러운 발표였다. 서울로 올라오는 기차에서 다음날 경기를 머리에 그려보며 생각했다. 내 인생은 분명, 오늘도 내일도 바뀌고 있다고.

그리고 결국, 내가 응원하는 팀이 한국시리즈 우승을 차지했다. 경기장 위로 쏟아지는 폭죽을 보며 나는 엉엉 울어버렸다. 지난 29년의 시간을 보상받고 있다는 느낌보다는 그동안 울고 웃었던 청춘의 한 페이지가 넘어가는 느낌이었다. 그것은 실로, 29년 만에 맞이한 내 인생의 큰 변화였다. 안다, 누군가는 이런 나를 한심해할 것이란 걸. 신부님도 뭐 나랑 똑같네, 할지도. 그렇다면 오히려 좋은 일이다. 당신의 인생에도 분명 불현듯 몸서리치게 행복한 순간이 찾아온다는 것이니.

죽기 전에 한 번쯤은 짓고 싶은 표정

제목도 내용도 기억나지 않지만 대학로 소극장에서 처음 뮤지컬을 보던 날을 잊을 수 없다. 무대가 끝나고 배우들이 올라 커튼콜을 하는데 그들의 얼굴이 반짝반짝 빛났다. 소위 세상에서 가장 행복한 얼굴을 하고 있었던 것이다. 당시에는 공연이 끝났다는 홀가분함에서 오는 표정이라 생각했는데, 정답이 아니라는 것을 금방 깨달았다. 홀가분함이라면 다시는 이 지긋지긋한 무대에 돌아오지 않겠다는 각오로 죽지 못해 무대에 오르는 사람이어야 할 텐데, 그렇다면 배우가 되었을 리 없으니. 그 이후, 저 표정은 과연 어디에서 오는 것인가에 대한 답을 찾는 것이 숙제가 됐다.

그렇게 뮤지컬은 하나의 취미가 되었다. 공연의 내용도 중요했지만 압권은 단연 마지막 커튼콜 때 배우들의 행복한 표정을 보는 일이었다. 그토록 반짝이는 얼굴을 보는 일은 평소에 쉽게 경험할 수 있는 게 아니었다. 그 표정의 원천이 홀가분함이 아니라면, 무대에 오를 만큼 성공한 배우라는 명예가 그들을 빛내는 게 아닐까 싶었다. 하지만 우연한 기회에 뮤지컬 배우를 만난 뒤 그 또한 정답이 아니라는 것을 알게 되었다. 당시 그 배우는 누구나 알 만한 뮤지컬에서 중요한 배역을 맡고 있었지만, 언제까지 캐스팅이 될 수 있을지 걱정이라고 했다. "그런데 어떻게 커튼콜에서 그런 표정이 나올 수 있나요?"라고 묻자 그녀는 희미하게 웃으며 잘 모르겠다고 대답했다.

유학 시절에도 공연을 적잖이 볼 기회가 있었다. 영국에 머무를 당시 웨스트엔드에서 본 공연들은 대부분 「레미제라블」이나 「오페라의 유령」 같은 대작들이었고 티켓 값은 비쌌다. 늘 생활비가 빠듯한 유학생이었던 나는 평소에 돈을 아껴 값싼 자리에라도 앉아 공연을 보곤 했다. 배우들의 표정은 그곳이라고 크게 다르지 않았다. 사람들은 기립 박수를 쳤고 배우들은 여지없이 환한 얼굴을 보여주었다. 나는 과연 언제쯤 저런 표정을 지을 수 있을까? 사람들이 자신에게 집중해 준다면 저런 표정을 짓게 되는 걸까? 그렇다고 내가 사람들 앞에서 춤을 추거나 노래를 부를 일은 없을 텐데. 나는 노래방에서 마이크를 드는 것조차 되도록이면 피하는 음치였다. 그렇다면 죽을 때까지 저런 표정을 지을 수 없으려나. 내심, 조바심이 났다.

여전히 영국에서 지내던 어느 날, 「더 북 오브 몰몬」이라는 공연을 보게 됐다. 미국에서 넘어온 뮤지컬이라 그런지 이 공연은 로터리 티켓 이벤트를 열고 있었다. 로터리 티켓이란 매 공연 두 시간 반 전, 공연 맨 앞줄의 자리를 추첨해 불과 20파운드에 판매하는 티켓이다. 가난한 유학생을 위한 편의 제공이라고 해야 할까. 다섯 시에 공연장 앞에서 신청받아 다섯 시 반에 현장에서 추첨하는 형식이었다. 결과는? 당연히 당첨. 그렇게 해서 나는 공연장 맨 첫 줄에 앉아 뮤지컬을 볼 수 있었다.

처음에는 한국에 들어오지 않은, 아니 어쩌면 (비속어가 너무 많아) 한국에 절대 들어올 수 없는 공연을 보는 것에 의의를 두었지만 나는 여기에서 또 다른 깨달음을 얻었다. 무대 앞 아래에는 밴드 단원들과 지휘자가 있었는데, 이들은 공연 내내 보이지 않는 곳에서 열정적으로 연주하고 있었다. 특히 지휘자는 작은 모니터를 확인해 가며 아무도 자신에게 집중하고 있지 않음에도 음악에 맞춰 몸을 들썩였다. 밴드 연주자들은 그를 보며 웃었고, 함께 몸을 들썩이며 연주를 했다. 그리고 커튼콜에 이르러 비로소 머리만 간신히 내밀고 인사를 하는데, 그의 얼굴 역시 반짝이고 있었다. 이제 배우들의 표정이 관객들의 집중 때문이 아님이 분명해졌다. 관객들은 공연 내내 지휘자와 연주자들의 모습을 볼 수 없었으니.

결국 이에 대한 답을 다른 공연을 통해 찾게 됐다. 여전히 영국에서 우연한 기회에 보게 된 「빌리 엘리어트」라는 작품에서였다. 동명의 영화를 뮤지컬로 만든 이 작품은 영국의 가수 엘튼 존이 작곡한 노래들로 구성되어 있었다. 잉글랜드 북부의 탄광촌을 배경으로 하는, 발레리노를 꿈꾸는 가난한 소년 빌리의 성장 이야기. 극 중에서 우여곡절 끝에 런던 로열 발레단의 오디션을 보게 된 주인공에게 심사위원들이 묻는다. "왜 발레에 흥미를 갖게 되었지?" 처음 접한 도시의 차가움과 텃세에 금세 지쳐버린 소년은 퉁명스럽게 대답한다. "몰라요, 그냥 좋았어요." 몇 개의 질문이 더 오가고 풀이 죽어 뒤돌아서 나가는 소년에게 마지막 질문이 던져진다. "빌리, 마지막으로 하나만 더. 너는 춤을 출 때 어떤 느낌이 드니?" 이때 뮤지컬의 메인 넘버라 할 수 있는 'Electricity(전율)'가 나오는데 가사는 대충 이런 내용이다.

어떻게 설명할 수 없어요. 표현할 말이 없어요. 내가 통제할 수 없는 감정을 느껴요. 내가 누구인지 잊어버리고 동시에 나를 완성시키는 기분도 들어요. 귓속에 음악이 울려 퍼지면 듣고 있는 나는 사라져 버려요. 깊은 곳에서 불이 타오르듯 내 안에서 뭔가가 튀어나와 감출 수 없어요. 그러면 이제 나는 갑자기 새처럼 날아올라요. 마치 전기가 흐르는 것처럼. 내 안에서 불꽃이 튀고, 나는 마침내 자유로워져요.

고작 열 살이나 되었으려나. 소년 빌리의 춤사위와 노래를 보고 들으며 마침내 나는 답을 찾았다. 아, 무대 위 배우들과 밴드 지휘자의 환한 표정은 말로 설명할 수 없는 거였구나. 통제할 수도 없는 것이었구나. 영혼에서 불꽃이 튀고 자신이 누구인지도 잊어버리는, 온몸에 전율이 흐른 다음 마침내 자유로워진 표정이구나. 그렇게 답을 찾게 되자 반짝이는 배우들의 표정은 내 평생의 지표가 되었다. 그런데 한편으론 난감하기도 했다. 학생들에게 강의를 하거나 등재지에 논문을 쓰는 동안 한없이 행복한 표정을 지으며

'나는 갑자기 새처럼 날아올라요, 마치 전기가 흐르는 것처럼'이라고 할 수 있다면 더없이 좋겠지만 나는 이미 책상에 앉아 있는 것을 좋아하는 성격의 인물이 아님을 깨달은 상태였다. 그렇다면 어떻게 저런 환희의 표정을 지을 수 있을까, 고민이 되지 않을 수 없었다.

그러다가, 일단은 보류하기로 마음먹었다. 지금 당장 그럴 수 없다는 것을 알아버렸기 때문이다. 하지만 여전히 희망은 계속된다. 차근차근 일상의 행복이 모이게 되면 나도 언젠가는 그런 빛나는 표정을 짓게 되리라는 희망. 그리하여 묵묵하게 하루하루를 살아가며 대학로의 소극장을 전전한다. 다행히 내가 근무하는 학교는 대학로 한복판에 있고, 학생 시절보다는 여유가 있으므로 배우들의 표정을 언제든 탐독할 수 있다. 어쨌거나 답을 찾았으니 이제는 희망이 이뤄지기만 하면 된다. 지금 당장은 아니더라도, 죽기 전에 한 번쯤. 아니, 죽는 순간에라도 한 번은 누가 봐도 반짝일 만큼 행복하기를. 이 세상이라는 무대 위에서, 제발.

내일 망해버릴 세상에도
기적은 있으니

　유학하던 시절, 수많은 그리운 것들 중 단연 그리운 것은 고국의 봄이었다. 이탈리아 역시 사계절이 있는 나라여서 어김없이 봄이 오곤 했지만 그곳의 봄은 한국과는 너무 달랐다. 특별히 봄철마다 날리는 소나무의 꽃가루는 눈살을 찌푸리게 만들었다. 바람이 불면 소나무에서 우르르, 송홧가루가 쏟아지는 것이 보였다. 길에 있는 자동차에도 의자에도 테이블에도 가루가 뒤덮여 있었다. 꽃가루 알레르기가 있는 이들은 쉴 새 없이 콜록콜록, 기침을 해댔고 기숙사 방 창문을 열어 놓으면 책장 위로 노란 먼지가 쌓여가는 것이 보였다.

물론 한국에도 황사와 미세먼지가 있으니 그쯤이야 참을 수 있겠다만, 무엇보다 큰 차이는 벚꽃, 개나리, 철쭉 같은 아기자기한 꽃들이 없다는 점이었다. 한국에서 유난하게 봄꽃 구경 다니던 사람은 아니었음에도, 아름다운 한국의 봄이 그리웠다.

그렇게 공부를 마치고 한국에 돌아와 봄을 맞이하게 됐다. 하지만 그토록 기다렸던 그 봄은, 어둡고 끔찍했다. 사람들은 거리에 모습을 보이지 않았고 누군가가 가까이 다가오면 소스라친 듯 놀라며 의심 어린 눈빛으로 고개를 돌렸다. 가게들이 문을 닫았고 자연스레 사람들의 왕래는 끊겼다. 뉴스에서는 신음으로 가득한 소식이 쉴 새 없이 흘러나왔다. 그야말로, 아주 어두운 봄이었다. 그리고 봄의 초입에, 모든 성당도 문을 닫았다. 아침에 일어나 혹시라도 컨디션이 안 좋은가 싶으면 후각을 확인하기 위해 머리맡에 있는 향초에 코를 대고 킁킁 냄새를 맡아야 했다.

그렇게 수개월의 시간이 흘렀다. 그러던 어느 날, 성당 주일학교의 꼬마 아이가 마당에서 나를 불러냈다. 반가운 마음에 마스크를 쓰고 버선발로 달려 나갔는데, 그 아이가 하느님은 무엇이든 할 수 있는 분인데, 왜 코로나를 없애는 기적을 보여주지 않느냐고 물었다. 슬픈 얼굴의 꼬마 아이는 멀찍이 서서, 코로나 때문에 친구들도 못 만나고 나가 놀 수도 없으니 우울하다고 말하고는 도망치듯 사라졌다.

아이가 떠나간 자리를 바라보며 곰곰이 생각했다. 당장 내일 망할 것 같은 이 빌어먹을 세상에서, 수없이 많은 사람들이 고통받는 세상에서, 과연 신은 어디에 있는가? 신의 재앙이라 하기에는 너무 무고한 사람들이 아팠고 한창 뛰어놀아야 할 아이들은 갇혀 있었다. 사랑하는 이를 함부로 만날 수 없고 혹시라도 바이러스에 감염되면 모든 동선이 추적되는 상황은 분명 불합리해 보였다. 과연 우리는 이 거대한 질문 앞에서 무슨 말을 할 수 있단 말인가? 마치, 신의 빈자리가 느껴지는 것만 같았다.

그리고 방에 들어와 인터넷 뉴스를 보다가, 모든 성당과 교회가 문을 닫았다는 기사의 베스트 댓글을 읽게 되었다. "흥선대원군도 못 해낸 걸 코로나가 해내네." 흥선대원군은 1866년부터 1871년까지 조선 최대이자 최후의 박해였던 병인박해를 주도한 인물이다. 이로 인해 천주교는 양지에서 활동할 수 없었지만 그럼에도 꾸준히 미사는 계속되었는데, 이제는 코로나로 인해 성당 문이 완전히 닫힌 현실을 당시의 상황에 빗대 표현한 말이었다. 댓글을 읽고 낄낄대다가, 그 말이 사실이 아니라는 것을 깨달았다. 약 8,000명의 순교자가 탄생하던 시기에도 숨어있는 사제들과 신자들에 의해 신앙의 명맥이 유지된 것처럼, 보이지 않는 곳에서도 사람들의 신앙은 계속되고 있었다.

그러자 조금씩 질문에 대한 답을 찾을 수 있었다. 우리가 원하는 기적은 대개 단 한 번에 일어나지 않는다. 모든 상황과 사람들의 노력이 겹쳐져 생겨난다. 기적은 시간이 필요하다. 즉, 일정 시간 동안 작은 기적들이 모이고 모이면 마침내 눈에 드러나는 커다란 기적이 완성되는 것이다. 우리는 비인기 종목의 선수들이 올림픽 금메달을 따면 기적 같은 일을 해냈다고 칭송한다. 하지만 사실 그것은 갑자기 일어난 것이 아니다. 그들의 재능과 노력이 결합되어 만들어진 놀라운 결과일 뿐이다. 그것이 기적이다.

그러니 꼬마 아이가 원하는 기적, 즉 바이러스가 한순간에 사라지는 일은 일어날 일이 없겠지만 작은 기적 같은 노력들이 쌓이고 쌓이면 분명 기적이 일어나리라는 확신이 들었다. 때마침 티브이를 켜자, 막 방호복을 벗은 간호사들의 얼굴에서 구슬땀이 떨어지는 모습이 중계되고 있었다. 물론 이런 설명으로 해결되지 않는 문제들도 있을 테다. 천재지변이라든지 그 어떤 과학 법칙으로 설명할 수 없는 사건들. 하지만, 기적을 '상상을 초월하는 현상' 정도로 정의한다면 주변에서 일어나는 기적들은 수도 없이 많다.

따지고 보면, 기적은 그렇게 우리의 일상 안에서 일어난다. 그리고 그것은 신이 원하는 기적이 일어나는 방식이다. 우리는 한순간 크고 위대한 일이 벌어지는 것만을 기적이라고 생각하지만, 대부분의 기적은 결코 그런 식으로 모습을 드러내지 않는다. 수많은 이들이 연구실에서 머리를 맞대 백신을 만들고, 시민들은 옷소매로 입을 막으며 기침을 하고, 모두가 손을 깨끗이 씻고, 몇 명 이상의 모임은 기꺼이 참아내고, 한 번도 내 건강에 신경 써주지 않던 국가가 끊임없이 재난 문자를 보내고. 이러한 사소함이 모이고 모여 마침내 기적이 완성된다.

대학 강단에 서서 그때의 강의실을 기억하면 퍽 어색하다는 생각이 든다. 얼마 전까지도 학생들 모두 마스크를 쓰고 강의를 들어야만 했다. 성당에 가면 사람들은 언제 떨어져 앉았었느냐는 듯 아무렇지 않게 어깨를 나란히 하고 있다. 보고 싶어도 서로 만날 수 없었던 내일 당장 망할 것만 같았던 세상에서, 모두가 바라던 기적이 일어난 셈이다. 그 렇다면 지금 내 주변에서 일어나고 있는 기적을 찾아본다. 사소한 농담을 건네는 사람들, 지쳐있을 때 위로를 건네는 사람들, 따분할 때 읽을 수 있는 책을 써준 저자들, 때로는 승부욕을 돋우는 사람들, 여러 충고를 해주는 사람들, 애정 을 담아 제 자리를 지키는 사람들. 어디 사람들뿐이랴. 피 곤할 때 내리는 커피 한 잔, 아름다운 음악, 고국을 그리워 하게 했던 봄철의 꽃들. 세상은 기적 같은 것들로, 아니 기 적으로 가득하다.

물론 세상이 녹록지 않아 '기적은 무슨 기적, 내일 당장 망해버려라' 싶을 때도 있지만 그래도 내가 살아가는 이유 는, 살아있는 이유는, 살아 있을 수 있는 이유는, 이 무수한 기적 때문 아니겠는가. 그래서 나는 오늘도 내 주위에 있는 기적들을 떠올린다. 그러다 보면 또 다른 기적 같은 하루가 내 품에 와락, 달려들겠지.

그렇게 새로운 봄이 시작되었다. 수많은 사람들이 얼굴 을 드러내고 서로의 얼굴을 마주하고 있다. 그 기적이 일어 난 곳에 내가, 당신이, 그리고 우리가 있었다.

내 곁에 있어 줘

　나는 크리스마스를 진심으로 기다리는 사람이다. 이유는 모르겠지만 크리스마스는 내 마음에 편안함과 기쁨, 설렘을 안겨준다. 날이 아무리 추워도 고고하게 서 있는 초록색 트리와 반짝이는 전구들은 '아무 걱정하지 마, 크리스마스가 되면 모든 것이 다 좋아질 거야. 좋은 일들만 펼쳐질 거야'라고 속삭이는 것 같다. 산타 할아버지의 모습도, 메리 크리스마스의 영문 필체도 모두가 조화로운 하나의 작품처럼 나에게 두근거림을 가져다주는 것이다.

　캐럴은 또 어떠한가. 마치 신이 만들어서 때마다 하나씩 인간에게 안겨주는 선물처럼 느껴진다. 옜다, 올해는 '징글벨'을 들어라. 이번엔 '고요한 밤 거룩한 밤'을 만들어봤어. 이렇게 하나씩 하나씩 건네주다가, 최근에 선사한 노래가 아리아나 그란데의 '산타 텔미'라고 느껴진달까. 특별히 한국인들에게 헌정한 캐럴도 있으니 칠공주의 '러브송' 되시겠다.

내가 유학길에 오른 것은 10월이었다. 이탈리아에 도착해 짐을 정리하고 어학원에 등록하고 정신없이 지내다 보니 금방 12월이 다가왔다. 그날은 내가 물을 사야 했던 날이었다. 한국이야 택배 기사님들이 친절히 배달도 해주시고 교통도 엘리베이터도 훌륭하게 갖춰져 있지만 내가 있던 이탈리아의 소도시는 그런 곳이 아니었다.

심지어 나는 대성당 숙소에 살고 있었는데 대성당은 도시 꼭대기의 광장에 있었다. 이는 곧 마트에서 물을 구입한 뒤 오르막길을 한참 올라야 함을 의미했다. '까짓거 수돗물을 먹고 말지'라고 생각할지 모르겠지만 유럽에서 그랬다간 석회수에 어떤 탈이 날지 모른다. 도대체 유럽 사람들이 무슨 복으로 맥주나 포도주를 발견했는지 궁금했던 적이 있었는데 그게 다 석회수 때문이었다.

어쨌거나 매일 물을 사기는 귀찮으니 보통 2리터 페트병 여섯 개 들이를 몇 개씩 사 오곤 했는데 그게 여간 힘든 일이 아니었다. 커다란 여행용 캐리어를 끌고 가서 채울 수 있는 만큼 한가득 담아서는 두 팔로 낑낑대며 오르막길을 올라야 했던 것이다.

그날도 어김없이 진땀을 흘리며 캐리어를 끌고 가다 도저히 안 되겠다 싶어 잠시 쉬는데 매일 오르막길 중턱에서 기타를 연주하던 할아버지가 보였다. 레게머리를 하고 항상 꾀죄죄한 옷차림으로 연주를 하는 분이었는데 그날은 평소의 옷차림이 아니었다. 그는 빨간색 산타복을 입고 캐럴을 연주하고 있었다. 내리막길을 향해 몸을 기울이는 캐리어를 붙든 채 우두커니 서 있다가 깨달았다. 아, 크리스마스가 다가오는구나.

새삼 그해의 크리스마스에 조금의 설렘도 느껴지지 않는 것이 신기했다. 아니, 크리스마스가 다가오고 있음을 전혀 모르고 있었다는 게 충격이었다. 그리고 그 순간 알게 됐다. 내가 그토록 해마다 기다렸던 것은 크리스마스 트리도 성탄 분위기도 캐럴도 아닌, 그 시기 그 순간을 함께 보낼 사람들이었다는 사실을. 성당에서 아이들과 청년들과 크리스마스를 보내며 나는 얼마나 행복했던가, 함께 기타를 연주하고 캐럴을 부르며 우리는 얼마나 즐거웠던 가. 사랑하는 사람들이 없는 외국에서의 크리스마스는 그저 그런 평범한 하루에 불과했다. 신이 완벽하게 만들어 때마다 하나씩 나에게 선사해 주었던 선물은 결국 음악이 아닌 사람이었다.

삶의 의미에 대해 생각해 본다. 내가 남들보다 가진 것이 많고 재능이 많아도 그것을 보여줄 사람이 없다면 내가 가진 것은 의미가 사라진다. 기쁨을 함께 나눌 사람이 없다면, 힘의 원천이 되어주는 사람이 없다면 그것은 더 이상의 의미를 갖지 못한다. 저런 위치에 있으니 얼마나 행복하겠어, 저렇게 많은 것을 가지고 있으니 얼마나 좋을까, 우리는 부러워하지만 그에 의미를 부여해주는 사람이 없다면 아무런 소용이 없는 것이다. 우리의 삶에 의미를 부여해주는 것은 사람이다. 그러니 사람은 희망이라는 말에 가깝다. 사람이 없을 때 희망은 사라지고, 그때 우리는 더 이상의 삶의 의미를 찾지 못해 무료함을 느끼게 되리라.

며칠 전 북카페를 기웃거리다가 우연히 『게르트너 부부의 여행』이라는 사진집을 보았다. 평소 캐러밴을 타고 여행 다니기를 좋아했던 부부는 발트해 주변의 나라들을 여행하기로 계획했지만 안타깝게도 그 무렵 부인의 치매 증상이 심해졌다. 하지만 남편은 여행 계획을 포기하지 않았다. 사진집에는 그렇게 떠난 부부의 마지막 여정이 실려 있었다. 사진집의 첫 장에는 아내가 말을 잃기 전, 같은 문장을 세 번 반복해 적어놓은 마지막 메모가 있었다.

내 곁에 있어 줘
내 곁에 있어 줘
내 곁에 있어 줘

그녀는 남편이 자신을 떠날까 두려웠던 걸까, 아니면 자신의 기억에서 남편이 잊히는 게 두려웠던 걸까. 그 뜻을 정확히 알 수는 없지만 그녀는 괜한 걱정을 했다. 남편의 삶에 의미를 부여하는 것은 그녀 자체였고, 그녀 역시 기억을 잃는다 하더라도 남편을 통해 삶의 의미를 유지해 나갈 것이었기 때문이다. 그래서인지 사진 안에는 치매로 쇠락해가는 부인도 아내를 돌보는 삶에 지친 남편도 없다. 그저, 서로의 눈빛과 포옹 안에서 의미를 찾아 보다 완전해지는 사랑만이 있을 뿐이다.

유학을 마치고 돌아와 몇 번의 크리스마스를 보냈다. 그리고 다시 기다려지기 시작한 그 특별한 날, 나의 주변에는 항상 소중한 사람들이 있었다. 어쩌면 그날은 내가 수년간 보내온 평범한 날들 중 하루일지 모른다. 하지만 그 순간이 특별했던 이유는 사람이 있었고 희망이 있었기 때문이다. 그렇다면 그러한 인연을 결코 허투루 내버려 두지 말기를. 그러므로 내 주변의 소중한 사람에게 다시금 나지막이 속삭여 본다.

"내 곁에 있어 줘. 내 곁에 있어 줘. 그래야 나의 평범한 하루에 의미가 생겨."

5장

그렇게 오늘도 특별해지고 있어

삶을 견디게 하는 특별함

내가 경험한 처음의 기적이 있다면

나는 쌍둥이로 태어났다. 이는 숨을 쉬게 된 순간부터 필연적인 경쟁자가 존재함을 의미한다. 보다 부지런하게 산다거나 좋은 성적을 내는 것 따위로 경쟁하면 좋겠지만 대부분의 남자아이들은 그런 고차원적 삶을 목표로 하지 않는다. 그보다는 사소한 상대방의 실수나 결함을 찾는 것에 더 관심이 많고 필연적으로 놀리는 것을 목표로 삼는다. 그러다 보니 경쟁의 결과는 뒤엉켜 싸우는 몸싸움으로 귀결되고 승자는 상처뿐인 영광만 가질 뿐이다. 나 역시 적어도, 어렸을 때는 그랬다.

어머니는 쌍둥이들의 경쟁심을 조금이라도 자극하지 않으려고 노력하셨다. 똑같은 옷, 똑같은 가방, 똑같은 신발, 똑같은 장난감. 하지만 이미 출발해 버린 열차를 어찌 멈출 수 있겠는가. 쌍둥이는 끝끝내 상대방 물건의 하자를 찾아내 놀리는 식으로 경쟁을 지속했다. 혹시라도 아무도 몰래 상대방의 물건에 일부러 흠집을 낸다면? 걱정하지 마시길. 전쟁에도 윤리가 있고 무인에겐 지켜야 할 품격과 도리가 있는 법. 무술은 싸움의 도구가 아닌 수행의 도구가 되어야 하나니. 그런 일은 결코 일어나지 않았다. 설마, 나만 그렇게 생각하는 것 아니겠지? (2분이나 늦게 태어난) 동생아.

초등학교도 들어가기 전의 일이다. 잠들기 전, 내 변신 로봇 비행기의 조종석을 덮는 유리 캡이 사라졌음을 발견했다. 아버지가 일본에서 사 오신 손바닥 크기의 장난감이었는데 재질이 차가운 금속으로 되어있는, 단단하고 견고한 변신 로봇이었다. 아버지 역시 쌍둥이들의 전투를 좌시할 수 없는 입장이었으므로 우리에게 똑같은 장난감을 사주셨다. 그런데 내 물건에 치명적인 하자가 생기다니. '어서 전투를 준비하라, 방어 태세를 갖춰라'라는 경보가 내적으로 울리기 시작했지만 이대로라면 패배는 불 보듯 뻔했다. 어찌 칼과 방패 없이 전쟁을 할 수 있겠는가? 동생의 얄

미운 놀림 소리가 들리는 듯했다.

  세상의 전부와도 같은 내 소유의 장난감에 하자가 생기
자 나는 해결법을 찾기 시작했다. 아무도 몰래 동생의 장
난감과 바꿔치기를 한다면? 동생 장난감의 유리 캡도 없애
버린다면? 이렇게 생각한 분이 계신다면 반성하시라. 무인
은 지켜야 할 도리가 있는 법이라니까. 일단은 마음을 가다
듬고 유리 캡을 찾기 시작했다. 이것이 내게 얼마나 큰일이
었냐면, 그때 내가 입고 있던 옷까지 생생히 기억날 정도
다. 흰색 바탕에 각양각색의 자동차, 비행기, 기차 등등이
그려져 있는 내복이었다. 온 바닥을 쓸고 다니며 화장실과
침대 밑까지 싹 뒤졌지만 도무지 보이지 않았다. 혹시 동생
이 내 장난감에 손을 댄 것이라면? 이런 생각이 잠시 스쳤
지만 무인끼리의 신뢰를 무너트릴 수는 없었다.

  결국 내가 찾은 마지막 해결법은 그 당시까지 수없이 들
어온 어머니의 말씀을 기억하는 일이었다. "하느님은 네가
기도하면 무엇이든 들어주신단다"라는 가르침. 종교를 갖
고 있지 않다면 이게 무슨 뚱딴지같은 소리냐 할지 모르겠
지만 세상의 전부를 잃어버린 나는, 떨어질 포탄을 앞에 두
고 맨몸으로 전쟁터에 서 있던 나는, 기도를 할 수밖에 없

었다. 신의 존재 여부를 곰곰이 생각할 나이는 아니었고, 그럼에도 성실히 성당에 나가는 어머니의 뒷모습을 보며 자연스럽게 하느님을 찾게 되었으리라. 하기야 신앙이 있든 없든 무슨 상관이겠는가? 지금 내가 죽게 생겼는데. 그리하여 나는 침대 위에서 무릎 꿇고 기도했다. 하느님, 제발, 제 장난감의 유리 캡을 찾아 주신다면, 정말로 당신을 믿겠습니다.

다음날 아침 침대에 누워 눈을 뜬 채로 생각했다. 정말로 하느님이 나의 기도를 들어주셨을까? 그리고 자리를 박차고 일어나는데, 정말이지 거짓말처럼 내 옷에서 유리 캡이 툭, 하고 떨어졌다. 기적 같은 일이 아닐 수 없었다. 바로 여기에서 나의 신앙이 시작되었다. 꼭 신이 아니라 할지라도 누군가를 믿게 된다는 건 그 사람을 향한 막연한 기대감에서 비롯된다. 그리고 그 기대감이 현실이 되면 믿음을 뛰어넘는 감정이 촉발된다. 함께라면 무엇이든 할 수 있다는 객관적 확신. 하느님이 모든 기도를 들어주시는 분이라는 확신은 자연스러운 것이었다.

하지만 시간이 지날수록 의심이 자라나기 시작했다. 아무리 기도해도 원하는 것을 얻지 못하는 경험을 하게 되면서 어린 시절 즉각적으로 기도를 들어준 하느님은 점차 희미해져 갔다. 오르지 않는 학업 성적이라든가 아버지의 죽음 등 크고 작은 일들이 삶을 덮쳐왔고 때마다 간절히 기도했지만 신은 좀처럼 모습을 드러내 보이지 않았다.

그러나 그 시간을 통해 알게 된 것은, 그럼에도 불구하고 하느님은 계시다는 확신이다. 그저 인간의 방식이 아닌 다른 방식으로 활동하실 뿐이다. 따지고 보면, 내가 스스로 책임져야 할 일이 있기도 했고 힘든 일이 있을 때 여러 가지 방식으로 도움을 주는 사람들도 있었다. 그런데 인간의 어쩔 수 없는 한계와 나약함을 나만의 욕심과 이기심으로 해결하고자 소리친 적도 있었고 필요할 때만 하느님을 찾는 경우도 있었다.

혹자는 나의 장난감 이야기를 들으면 웃으며 말할 것이다. 그거, 그냥 내복 어딘가에 걸려 있던 것 아니에요? 설령 그랬다 해도 크게 상관은 없다. 어쨌거나 그 계기를 통해 하느님께서 내게 모습을 드러내 보인 것이라 여기기 때문이다.

그렇게 나는 사제가 되었다. 때로 인간의 삶은 퍽 사소한 것을 계기로 모든 것이 바뀌어 버린다. 그렇다면 위대함도 지극한 사소함의 외피를 입고 찾아올지 모르는 법이다. 어린 시절, 내복에 그려진 그림을 기억할 정도로 일생에 결코 잊을 수 없는 흔적을 남기며.

드루와, 드루와

처음 헬스장에 갔을 때의 곤혹스러움을 잊을 수 없다. 쿵쿵거리는 음악과 밝은 조명 아래에서 인상을 쓴 채 운동하고 있는 형님들의 모습은 그야말로 프로였다. 그들과 나 사이에 거대한 벽이 있는 느낌이었다. 나 따위가 과연 저들 사이에서 구슬땀을 흘릴 자격이 있을까? 농구 하는 대학생 형들에게 놀아달라고 떼쓰는 초등학생이 된 듯했다. 등록서를 작성하는 동안 마음속 갈라진 틈새로, 이유 모를 두려움과 공포가 휘이익 새어 들어왔다.

처음 가보는 장소라든가 경험해보지 않은 것을 처음으

로 하게 되는 경우 나는 적잖은 두려움을 느끼는 부류다. 교수로서 하는 강의 역시 마찬가지다. 매년 똑같은 강의를 할지라도 학생이 바뀌고 강의실이 바뀌면 마음속에 은밀한 두려움이 피어난다.

이러한 성격은 유학 생활을 하는 동안 나에게 꽤나 많은 어려움을 안겨주었다. 실제로 유학 생활이란 새로움의 연속이다. 마주하는 사람들의 얼굴색도 언어도 다르고 문화도 예절도 다르며 심지어 거주하는 공간의 특성도 공기의 밀도도 물맛도 다르다. 그중에서도 나를 가장 곤혹스럽게 했던 것은 시험 방식이었다. 내가 다니던 학교는 한국에서 치러온 시험 스타일과 달리 전 과목 시험이 구술로 진행되었다. 즉, 교수님의 집무실에 정해진 시간에 찾아가 1대 1로 얼굴을 맞대고 질문을 듣고 답을 하는 식이었던 것이다.

모국어가 아닌 외국어로 시험을 봐야 하는 입장이라면 필기시험이 훨씬 좋을 수밖에 없다. 진중하게 앉아 꼼꼼히 기억을 짜내 원하는 답을 서술할 수 있기 때문이다. 반면 순간적이고 짧은 시간에 교수님과 토론을 해야 하는 구술시험은 즉각적 판단으로 논리적인 답을 제시해야 하므로 여간 부담스러운 일이 아니다.

그러다 보니 첫 시험 때는 근심 걱정이 가득했다. 근엄하고 권위 있어 보이는 할아버지 교수님들과 토론을 해야 한다는 것 자체가 불가능해 보였고 아직 언어가 부족한 상태에서 혹시라도 질문 자체를 이해하지 못할까 두렵기도 했다. 예상되는 문제를 뽑아 성실히 공부했지만 어휘가 부족해서 답을 알아도 말을 논리적으로 못하는 지경에 이르지는 않을까, 우습게 보이지는 않을까, 수업을 제대로 이해했는지 교수님이 의심하지는 않을까, 걱정만 한껏 차올랐다.

그렇게, 시험 날이 다가오고 있었다. 첫 시험 과목의 교수님은 스위스인이었는데 특별히 깐깐하고 꼼꼼하다는 평을 듣는 분이었다. 나름대로 열심히 공부했지만 스스로에 대한 의심은 갈수록 커져 갔다. 급기야 머릿속에서 여러 전문용어들이 뒤죽박죽 섞이기 시작하니 걱정이 이만저만이 아니었다.

시험 당일 아침, 나는 정해진 시험 시간보다 약 네 시간 빨리 학교에 도착했다. 교수님 집무실의 정확한 위치를 미리 알아볼 겸, 혹시 다른 학생들이 있으면 이야기를 나누며 공부한 것들이 정리가 되지 않을까 하는 바람 때문이었다. 그렇게 집무실 앞에 붙어있는 시험자 명단을 확인하고 있는데 벌컥, 백발의 교수님이 문을 열고 나오셨다. 아이고 안녕하십니까, 조용히 인사하고 등을 돌리는데 근엄한 목소리가 들려왔다. "들어와." 나는 공손히 대답했다. "오, 교수님. 지금은 제 시간이 아닙니다. 제 시험은 한참 뒤에 배정되어 있습니다. 곧 첫 번째 순번의 학생이 오지 않을까요. 그럼 전 이따가 뵙겠습니다."

누구나 한 번쯤 인생에서 가장 위험한 순간에 기지를 발휘하고 스스로에게 놀랐던 경험이 있을 것이다. 나에겐 그때가 바로 그랬다. 내가 이렇게나 빨리 정확한 문법으로 이태리어를 구사할 수 있다니, 스스로 감동하고 있는데 또다시 교수님의 음성이 들려왔다. "들어와." 첫 시간의 학생이 오려면 아직 시간이 많이 남았으니 그냥 지금 시험을 보라는 것이었다.

도대체 나는 왜 네 시간이나 일찍 왔을까, 후회가 가득했다. 하지만 한편으로는 '그래, 지금 더 공부해서 무슨 소용이 있겠나. 그냥 빨리 끝내 버리자'라는 생각도 들었다. 그렇게 홀린 듯 시험을 시작했다. 문제가 무엇이었는지는 기억나지 않는다. 하지만 몇 가지 선명한 것들이 있다. 모든 대답을 마쳤을 때 교수님의 인자한 푸른 눈과 미소, 다정한 목소리 같은 것들. 그리고 이어지는 말씀도. "외국어로 공부하느라 힘들었지? 내가 한국말로 공부했다면 너만큼 대답할 수 없었을 거야."

사실 나는 잘 알고 있었다. 교수님의 질문에 대한 내 답이 결코 충분하지 않았으며 논리적인 정리도 온전히 되어 있지 않았다는 것을. 하지만 교수님께서는 나의 고충을 먼저 알아주셨고 미처 들여다보이지 않는 부분까지 이해해 주고 있었다. 이후에 만난 다른 과목의 교수님들도 마찬가지였다. 여러 가지 측면에서 따뜻하게 이야기해 주시고 내 말에 더욱 귀 기울여 주시고, 그야말로 자비로운 마음들이 나를 감싸 안았다.

이제는 내가 교수가 되어 학생들을 마주하는 입장이다. 시험 때든 논문 지도를 할 때든 나를 마주하는 학생들의 눈에는 언제나 적당한 두려움과 걱정이 있다. 그 눈빛을 마주하면 교수님의 방문 앞에서 두근대는 마음을 부여잡고 서성거리던 학창 시절의 내가 떠오른다. 그 서성임 안에는 두려움이 있었다.

그 원천이 무엇인지 생각해 보면 나 자신의 부족함을 인지하고 있었기 때문일 것이다. 내 부족함을 드러내고 싶지 않은 두려움, 상대방이 나를 어떻게 생각할지에 대한 두려움. 여기까지 생각이 미치니, 처음 헬스장에 갔을 때 주눅이 들었던 이유도, 새 학기에 강의실에 들어설 때마다 느끼는 심정도 이해가 된다.

결국 두려움을 이기게 해주는 것은 조금 부족하더라도 잘 해내고 있음을 확신시켜주는 따뜻한 미소다. 이 미소는 "힘내"라는 격려의 말보다 더 큰 힘을 지닌다. 이 미소가 있다면 두려움은 어느덧 새로운 동력이 되어 삶을 헤쳐 나가게 만든다. 이후 나는 삶의 두려움이 내 마음속에 모습을 드러낼 때 스스로 읊조린다. "그럼에도 불구하고 한 발짝씩 성장하고 있어." 그렇게 교수님의 미소는 여전히 내 삶을 비추어주고 있다.

이제 나는 내 앞에서 두려움의 시선으로 서 있는 학생들에게 백발의 할아버지 교수님이 보여준 따뜻한 미소를 보여주고 싶다. 나의 미소는 이렇게 말하고 있을 것이다. "아니야, 아니야, 나는 그렇게 생각하지 않아. 두려워하지 마. 너는 네 생각보다 훨씬 잘하고 있어." 하지만 나는 아직 백발도 아니고 따뜻한 미소를 보일 만큼의 주름도 없

으며 상대가 잘하고 있다고 판단할 수 있을 만큼의 경험
도 없으니 퍽 난감하다. 그럴 때는 가끔 빨리 나이 들고 싶
다는 생각이 들기도 한다. 곧바로 젊음의 소중함을 다시
금 깨달으면서도.

가끔 너무 힘들어서
잠만 자고 싶다면

한 번쯤 유학 생활을 상상해본 적이 있는지 모르겠다. 만약 로마의 대학에서 공부를 한다면 이런 상상부터 하지 않을까? 아침에 일어나 창문을 열면 새들이 지저귄다. 푸른 숲 사이로 저 멀리 콜로세움과 바티칸 돔이 보인다. 침실을 정리한 뒤 도서관에 갈 수업자료를 챙겨 기숙사를 나선다. 학교 앞에는 카푸치노와 꼬르네또로 유명한 카페가 있다. 가게를 들어서면 고소한 빵 내음과 진한 커피 향이 나를 반긴다. 그렇게 간단히 아침을 해결하고 미켈란젤로가 설계한 광장을 거쳐 대리석으로 이뤄진 도서관에 들어간다. 자 이제, 인류의 역사를 송두리째 뒤흔들 논문이 시작된다.

만약 이와 비슷한 생각을 조금이라도 했다면, 영화를 너무 많이 봐서 그럴 테다. 내가 아는 한, 현실에 이러한 유학 생활은 없다. 실제로는 이렇다.

아침에 일어나 창문을 열면 새들이 지저귀는 소리가 들리긴 하는데 그건 비둘기다. 비둘기가 털을 날리며 창틀에 배설물을 흘릴 수 있으니 창문을 오래 열어 두어서는 안 된다. 침실을 정리하긴 하지만 서너 걸음에 방 끝에서 끝까지 갈 수 있을 정도로 좁은 방이므로, 사실 침실 정리보다는 침대 정리에 가깝다. 어제 피곤함에 함부로 던져둔 가방을 들고 도서관을 향한다. 그저 매일매일 졸음과 싸워야 하는 이 하루하루가 지겹기만 하다. 학교 앞 빵집을 지나치지만 빵 냄새는 나지 않는다. 새벽이 아닌 이상 따뜻한 빵은 이미 다 팔렸을 것이다. 혹시나 배가 고프다고 정신 줄을 놓아서는 안 된다. 내 가방이나 지갑을 노리는 소매치기들이 도처에 널렸기 때문이다. 저쪽에 하나, 이쪽에 하나. 지금 이 거리에만 최소 두 명이다. 가방을 꽉 붙든 채 허겁지겁 도서관으로 향한다. 그 길에는 제법 잘 설계된 광장이 있지만 관광객들이 많은 도시인만큼 쾌적한 환경은 아니다. 똥오줌 냄새가 나고 쓰레기가 한편에 쌓여 있다. 그렇게 대리석으로 이뤄진 도서관에 들어간다.

오래된 건물이라 서늘하고 춥다. 자 다시, 논문이 시작된다. 어떻게든 턱걸이로라도 박사 논문으로 인정해 준다면 영혼이라도 팔겠다.

물론 그럼에도 불구하고, 외국에서 공부를 하고 싶었다면 그 정도의 어려움은 감수할 수 있겠다 싶을지도 모른다. 문제가 바로 거기에 있다. 나는 외국에서 공부를 하고 싶어서 공부한 것이 아니라는 말씀이다. 어린 시절 사고를 쳐서 부모님이 도피 유학을 보낸 것이라면 집에 돈이라도 좀 있어서 좋을 텐데 그건 아니고, 앞서 어느 글에서 언급했듯 어디까지나 발령을 받아서 간 유학이었다. 가톨릭 신부는 약 10년의 교육과정을 거쳐 서품을 받는데, 이때 순명 서약을 하게 되어 있다. 교황님과 주교단의 권위, 교회의 가르침에 순명하겠다는 서약을 하므로 아주 특별한 일이 아니고서는 필요한 곳에 쓰이고자 하는 마음으로 기꺼이 상부의 뜻에 순응하는 것이다.

유학을 나가게 될 터이니 준비하라는 말을 들은 것은 여름이었다. 첫 임지에서 하루하루가 만족스럽던 어느 날, 느닷없이 받은 통보였다. 이탈리아어를 배워본 적도 없었고 공부하라고 전달받은 전공조차 내 전공이 아니었다. 당황스럽고 원망스러운 마음이 들었다. 이런 게 도피 유학을 통보받은 부잣집 아들의 마음일까. 그나마 유일하게 다행인 것은 나 같은 처지의 동료들이 더 있다는 사실이었다.

그렇게 해서 떠나게 된 이탈리아에서 처음으로 학원 수업을 들었던 날이 생각난다. 발령을 받고 한국에서 어설프게 학원을 다니긴 했지만, 초급임에도 불구하고 온통 이탈리아어로 진행되는 수업은 나에게 좌절감을 주기에 충분했다. 그런데 또 유럽권 학생들은 그것을 알아듣고 이런저런 대답을 하고 있으니 그야말로 대 환장 파티였다. 나뿐만이 아니라 다른 한국 동료들도 사정은 마찬가지였다. 첫 수업을 마치고 나오는데 다들 얼굴이 허옇게 질려 있었다.

그로부터 꽤나 많은 시간이 흘러갔다. 엊그제처럼 선명한 그날로부터 약 10년이다. 목표하고자 한 학위를 받았고 한국에도 무사히 들어와 잘 지내고 있지만 그 시간 사이에 있었던 어려움은 사실 이루 말할 수 없다. 좀처럼 늘지 않는 언어에 당황스러웠고, 인종차별을 받기도 했고, 아버지와 할머니를 떠나보내야 했고, 도무지 끝나지 않을 시간이 원망스러웠다.

앞서 말한 첫 어학 수업의 당혹스러움은 여전히 마음속에 새겨져 있다. 그 당혹스러움이 군 입대 첫날과 비슷했다고 하면 좀 이해가 가려나. 그런데 난 군대는 다시 가도 유학은 다시 가고 싶지 않다. 하지만 그럼에도 불구하고 그 시간이 무용했다고 말하지는 않겠다. 하루하루가 쓰라리고 힘들고 부담스러웠지만 그 와중에 좋은 사람들을 만났고, 좋은 곳을 다녔고, 많은 것을 배운 것은 사실이기 때문이다. 그렇게 흘러가는 시간 속에 몸을 담갔다. 그리고 그 시간이 지금의 나를 만들었다.

영화 「미스 리틀 선샤인」을 보면, 묵언수행을 하며 목표를 향해 노력했으나 꿈이 무너져 실의에 빠진 조카와 삼촌의 대화가 등장한다. 먼저 조카가 말한다.

"가끔 열여덟 살이 될 때까지 잠만 잤으면 할 때가 있어요. 고등학교고 뭐고 그런 거 다 지나갈 때까지요."

이에 삼촌이 대답한다.

"마르셀 프루스트를 아니? 프랑스 작가란다. 완전한 패배자지. 진짜 직업을 가져본 적 없고 짝사랑만 하고 동성애자였어. 아무도 읽지 않는 책을 쓰느라 20년을 보냈지. 하지만 셰익스피어 이래로 가장 위대한 작가일 거야. 말년에 자신의 삶을 되돌아보며 힘겨웠던 시절들이 삶에서 가장 좋았던 시기라고 했단다. 그게 자신을 만들었으니까. 행복했던 시절에는 아무것도 배운 게 없었대. 그러니까 열여덟 살까지 잠만 잔다면, 얼마나 많은 삶에서 소중한 경험들을 놓치게 될지 상상해봐. 고등학교? 삶에서 가장 고민이 많은 때란다. 그보다 고통스러운 때는 없을 거야."

누군가는 어떻게 가고 싶지 않은 유학 생활을 할 수 있는지, 언어를 제대로 배워본 적 없이 덜컥 외국에서의 삶을 시작할 수 있는지 의아해할 수도 있다. 나는 그럴 용기가 없다며 고개를 절레절레 흔들지도 모른다. 하지만 다시 생각해 보면 우리 모두 이 비슷한 삶을 살고 있지 않은가. 좀처럼 마음대로 되지 않는 일에 둘러싸여 그저 빠져나오려 사투를 벌이고, 시간은 흘러가고, 사람들은 모든 상황이 끝난 뒤에야 '용감했다'라고 감탄한다. 그러니 혹시라도 스스로가 패배자라 여겨지는 상황이 온다면 거기에 너무 매몰되지는 말길. 그 특별한 시간이 당신을 만들고 있다.

생각하라, 저 등대를 지키는 사람을

    나의 아버지는 외국에서 일하셨기에 자주 뵙기 힘든 분이었다. 정확히 말하자면 자동차 수출선이나 유조선을 이끄는 외항선 선장이셨다. 워낙 국제적 일정이 촘촘하게 짜여 있고 긴 시간 동안 이 나라 저 나라를 항해해야 했으므로 아버지가 집에 머무르는 시간은 1년에 길어야 고작 서너 달뿐이었다.

    이럴 경우 보통은 아버지와의 관계가 서먹서먹할 텐데, 나는 한 번도 그런 느낌을 가져본 적이 없다. 부재를 느낄 수 없을 정도로 아버지는 다정다감한 분이셨다. 항상 손수

그린 만화와 편지를 국제 우편으로 보내주셨고 내륙에 도착해서는 전화를 주셨다. 그때는 지금처럼 와이파이로 쉽게 국제 전화를 할 수 있는 때가 아니었다. 아버지는 종종 잔액이 얼마 안 남았다며 황급히 전화를 끊으시곤 했다.

우리 가족은 아버지의 사랑을 오롯이 느끼고 있었다. 색연필로 예쁘게 채색된 아버지의 만화를 국제우편으로 받으면 누나와 나와 동생은 신이 나서 거실을 방방 뛰어다녔다. 그런데 한편으로는 아버지의 편지와 그림이 당연하다고 생각했던 것 같기도 하다. 사랑과 애정을 받다 보면 그것을 당연하다고 여기는 것은 인간이 흔하게 저지르는 실수다. 특별히 부모와 자녀의 관계라면 더욱 그렇다. 쉽게 받아볼 수 없는 특별한 다정함을 나는 당연하다 여기며 유년 시절을 보냈다.

어린 시절 아버지와 함께한 추억 중 특히 기억나는 장면이 있다. 어머니가 외출하시고 휴가를 나오신 아버지와 우리 세 남매가 함께 노래를 부르던 순간이다. 도대체 왜 노래가 시작되었는지, 집에 왜 기타가 있었는지 정확히 기억나지는 않는다. 어쨌거나 아버지는 기타를 치며 우스꽝스러운 춤을 추시고, 누나는 악보를 보며 피아노를 치고, 나와 동생은 배꼽을 잡고 웃으며 함께 노래를 부르는 식이었다.

우리는 아버지에게 배운 동요들 혹은 오래된 가요들을 불렀다. 그중에서도 가장 기억에 남아있는 노래가 오빠 생각, 섬집 아기, 등대지기, 바위섬 같은 곡이다. 나는 아무런 생각 없이 가사를 따라 부르며, 기타를 잡고 개다리춤을 추고 있는 아버지의 모습에 깔깔대고 웃었다. 아버지는 서정적인 노래들의 느린 박자를 빠르게 쪼개는 능력이 있었다. 어떠한 노래든 아버지의 기타를 거치면 흥이 넘치는 노래가 되었다. 우리가 함께 부른 노래들의 가사를 1절 정도만 곱씹어 보자면,

뜸북뜸북 뜸북새 논에서 울고, 뻐꾹뻐꾹 뻐꾹새 숲에서 울제, 우리 오빠 말 타고 서울 가시면 비단구두 사 가지고 오신다더니.

〜〜

엄마가 섬 그늘에 굴 따러 가면 아기가 혼자 남아 집을 보다가 바다가 불러 주는 자장 노래에 팔 베고 스르르르 잠이 듭니다.

〜〜

얼어붙은 달그림자 물결 위에 자고 한겨울의 거센 파도 모으는 작은 섬. 생각하라 저 등대를 지키는 사람의 거룩하고 아름다운 사랑의 마음을.

이제 와서 생각해 보면, 하나같이 이별 혹은 외로움과 쓸 쓸함이 담긴 노래들이다. 아버지가 왜 초등학교에 막 들어 간 꼬마 아이들에게 이러한 노래를 들려주셨는지는 잘 모 르겠다. 지금은 세상에 계시지 않으니 물어볼 방법도 없다. 아마도 타지에서 가족들을 그리워하며 홀로 고요히 불렀 던 노래를 들려주신 것이 아닐까. 혼자서 너무 많이 불렀으 니까, 그리고 그리워했던 대상들이 눈앞에 있으니 너무나 도 흥에 겨워, 빠른 박자로 노래하며 춤을 출 수밖에 없었 던 것이다.

이제 내 나이가 당시의 아버지 나이와 비슷해졌다. 그러 므로 나는 자연스럽게 상상한다. 사랑하는 사람을 두고 망 망대해로 떠나야 하는 젊은 아버지를, 틈틈이 자식들을 위 해 만화를 그리려 색연필을 집어 드는 아버지를, 해 질 녘 고요한 바다에서 가족들을 그리워하며 노래를 흥얼거리는 아버지를. 긴 기다림 끝에 사랑하는 사람들을 만나게 되었 을 때, 흥에 겨운 노래를 하고 싶지만 아는 노래가 별로 없 어 지금껏 혼자 불러온 노래를 우스꽝스럽게 불러야 하는 젊은 아버지를.

오랜 외국 생활을 하다 보면 가족들에게 말할 수 없는

얼어붙은 달그림자가 삶에 드리워질 때가 있었을 것이고, 한겨울의 거센 파도와 같은 시련도 있었을 것이다. 사랑하는 가족들과 떨어져 있는 삶이 얼마나 외롭고 쓸쓸한 것인지, 나는 한참이 지나 몇 년의 유학 생활을 하면서 깨닫게 됐다. 시간을 내서 때마다 편지를 쓰고 그림을 그리는 것이 얼마나 힘든 일인지 이제야 알게 됐다. 그러면 불과 몇 통의 답장도 드리지 못했음이 떠올라 불쑥 죄송한 마음이 들고 마는 것이다.

사랑과 애정을 받다 보면 그것을 당연하다고 여기는 것은 인간이 흔하게 저지르는 실수다. 나는 아버지의 다정함을 당연하다 여기며 유년 시절을 보냈다. 왜 우리는 소중한 것을 지나친 다음에야 그것을 깨닫게 되는 걸까? 당장의 기쁨과 행복을 왜 알아채지 못하고 지나쳐 버리는 걸까? 그것을 미리 알 수 있다면 절대 사랑을 허투루 흘려버리지 않고 후회 없이 지킬 수 있을 텐데. 하지만 이러한 후회를 다시 생각해 보면 그만큼 깊은 사랑이 내 곁에 있었다는 것일 테다. 마치 거대한 어둠과 침묵도 기꺼이 끌어안고 묵묵히 제 할 일을 해내는 등대를 지키는 사람처럼, 아버지는 자신의 자리에서 사랑을 주는 일을 하고 계셨다. 그리고 그 등대가 비추는 빛은 나의 길을 앞으로도 오래도록 비춰 주리라. 아버지는 세상을 떠나셨지만 그렇게 계속 저 등대를 지키고 있다. 이 사실이 나에게 아주 커다란 안도가 된다.

지난날을 회한 없이 그리워하며

　천주교 신자가 아닌 대중들에게 얼마나 잘 알려져 있는지 모르겠지만, 2022년에 선종한 베네딕토 16세는 교황으로 선출되기 전부터 '요셉 라칭거'라는 본명으로 이미 유명했던 신학자였다. 내가 대학생이었던 시절에 이미 그의 책은 다수 번역되어 있었고 수업 때도 그의 이름이 종종 언급되었다. 학교 앞 작은 서점에서 그의 대표 저서『그리스도 신앙 어제와 오늘』을 구입해 발걸음을 재촉하던 순간이 기억난다. 사실 이 책을 구입한 이유는 그와 '대결하기' 위해서였다. 지나치게 보수적이라는 평을 받기도 했던 신학자의 견해가 궁금했고 거기엔 분명 어떤 결함이 있으리라는 생각도 들었다.

그런데 글씨는 너무 작았고, 내용은 어려웠다. 이 책이 그가 교수로 재임하던 당시 수업 때 사용한 강의록이라는 사실을 서문을 통해 알게 됐다. 아아, 독일의 대학생들이여, 당신들은 대체 어떤 공부를 하고 있는 겁니까? 자괴감이 들었지만 진보를 꿈꾸는 한국인 대학생의 꿈을 꺾을 수는 없었다. 하지만 책을 탐독하고 난 뒤 공교롭게도 나는 완전히 설득되고 말았다. 인간이 포기할 수 없는 것은 무엇이며 우연적이고 가변적인 것은 무엇인지를 (아주 어려운 말로) 설명하고 있는 그의 글 앞에서 나는 두 손 두 발을 들고 말았다.

그가 가장 활발히 활동한 시기, 즉 1960년대 중반은 사상적으로든 문화적으로든 급변하는 시기였다. 실존주의와 상대주의는 당시의 통념에 날카로운 질문을 던졌고 자유와 해방을 향한 젊은이들의 열망이 세상을 가득 메우기 시작했다. 그렇게 '금지하는 것을 금하라!'라는 구호 아래 68 운동이 시작됐다. 프랑스 대학생들을 중심으로 시작된 전례 없는 반체제, 반문화 운동이었다. 아직 남아있던 나치의 잔재와 베트남 전쟁 등에서 비롯된 반전反戰을 향한 젊은이

들의 열망은 기성세대에 대한 적개심을 강하게 표출하게
만들었다.

　이 운동은 사회적 모순에 대한 저항과 기성세대의 안일
함에 대한 비판의식, 여성의 인권 존중 등과 같은 긍정적인
면을 가지고 있었지만 더불어 무제한적 자유를 향한 열망
을 동반하고 있었다. 영화 「몽상가들」은 당시 젊은이들의
문화를 가감 없이 보여준다. 그 결과 히피와 마약 문화가
대중화되었으며 섹스에 대한 열망은 현실이 되었다. 이 시
기는 비틀스의 활동이 정점에 이른 때이기도 했다. 음악과
사랑, 마약의 조화는 자유를 꿈꾸는 새로운 문화를 만들어
내기 시작했다. 신마르크스주의를 운운하지 않더라도, 기
존의 체제와 기성세대에 대한 반감은 처음 의도와 달리 무
조건적인 파괴로 이어졌다. 그리고 도덕 관습과 종교의 가
르침에 대한 전면적인 거부라는 결과를 탄생시켰다.

　내가 당시의 평범한 유럽 학생이었다면 이 운동에 가담
하지 않았으리라 자신 있게 말하지는 못하겠다. 젊은이들
은 언제나 자유와 해방을 꿈꾸는 법이니까. 음악과 사랑,
그리고 마약의 대중화가 스스로를 자유롭게 할 수 있다고
믿는 것은 그들에게 당연한 수순이었을 테다. 하지만 내가

대학생이 된 것은 그로부터 무려 40년이 지난 때였다. 그리고 그 운동의 결과는 이미 답이 나온 상황이었다. 전문가들은 68운동이 정치적으로는 단명했으나 현대의 문화에 큰 영향을 미쳤다고 평가한다. 나치 역사가 청산되었고 대학교육에 개혁이 이뤄졌으며 여권이 신장되었고 노동자들의 권익이 향상되었다. 한편, 좋지 않은 영향도 부정할 수 없다. 그 이면에는 모든 것을 붕괴시키고자 하는 무질서가 있었고 그 결과 책임 없는 개인주의가 생겨났으며 성 자유주의와 마약이 들불처럼 번져나갔기 때문이다.

어쨌거나 이 운동이 세상을 관통하던 시기의 한가운데, 요셉 라칭거는 68운동이 가지고 있는 긍정적 가치를 부정하지 않으면서도 도덕과 윤리선에 있어서는 단호한 입장을 취했다. 그리고 가톨릭 교리를 수호하기 위한 여러 가지 글을 썼는데 이는 현재 빛나는 유물로 남아있다. 그의 별명이 '진리의 수호자'인 것은 이러한 연유에서 비롯된다. 그러니 어찌 내가 그의 책을 읽으며 무릎을 꿇지 않을 수 있었겠는가?

앞서 언급했듯이 요셉 라칭거, 즉 베네딕토 16세의 보수적 관점은 세간의 비판을 받기도 했다. 지나치게 닫혀 있다는 의견과 세상의 흐름을 따르지 않는다는 이유에서였다. 한스 큉과 레오나르도 보프와 같은 진보적인 신학자들 역시 다른 견해로 그와 충돌했으므로 신학생들 또한 다소 의견이 갈리기도 했다. 그럼에도 불구하고 그의 (어렵지만) 단호한 여러 글들은 나를 설득하기에 충분했다.

베네딕토 16세가 세상을 떠난 지 보름쯤 지나 나는 한 출판사의 전화를 받았다. 그가 자신의 죽음 이후 출판해 달라고 남긴 원고가 이제 막 이탈리아에서 출판되었는데 번역을 맡아줄 수 있느냐는 것이었다. 나는 그 작업을 맡아서는 안 된다는 것을 잘 알고 있었다. 이미 여러 강의와 원고들이 산적해 있었기 때문이다. 내 머리는 "안 돼, 정신 차려! 절대 이 작업을 맡으면 안 돼. 해야 할 일이 너무나도 많잖아"라며 소리치고 있었지만 내 입은 기꺼이 그 작업을 맡겠노라고 대답했다. 어디까지나, 가슴이 시킨 일이었다. 존경하는 위대한 학자가 유언으로 남긴 책을 번역하라는데 마다하는 사람은 없을 것이다.

역시나 번역은 쉽지 않았고 여전히 그의 글은 내가 수용하기엔 현학적이었으므로 작업은 더디게 이뤄졌다. 김영하 작가는 『위대한 개츠비』의 역자 후기에서 번역 작업을

'지뢰 제거반'에 비유했다. 번역은 '이미 저세상 사람인 작가의 의도를 가늠하고, 문맥을 살피고, 사전을 뒤지며, 그러고서도 못내 미심쩍어 다시 앞뒤를 살피는 일을 반복하는 과정'이라는 이유에서다. 이는 아주 적절한 비유다. 지뢰를 탐색하는 자세로 천천히 번역을 진행했지만 영 찝찝함이 남아 있었다. 혹시 내가 실수로 지나쳐버렸다면 그만큼 치명적인 일이 있을 수 없을 테니, 자꾸만 다시 앞 페이지로 돌아가 재차 번역을 확인해야 했다. 내내, 식은땀이 흘렀다.

그럼에도 불구하고 이 지뢰 찾기는 고된 만큼 아주 흥미로운 작업이었다. 죽음 이후 출판해 달라고 했던 전 교황의 의도를 엿볼 수 있다는 점에서, 무엇보다 그의 마지막 책을 가장 먼저 읽을 수 있다는 점에서 더없이 흥분되었다. 작업하는 내내, 그의 책을 구입해 설레는 마음으로 학교로 돌아가던 대학생 시절이 떠올랐다. 그 젊은 신학생은 이제 10년차가 넘은 사제가 되어 그가 남긴 마지막 책을 번역하게 되었다. 참으로 인생은 우연과 모험의 반복이다. 그것이 쌓이고 쌓이면 꽤나 흥분되는 일이 일어난다.

알베르 카뮈는 그의 스승 장 그르니에의 수필집 『섬』에 그 유명한 서문을 남겼다.

    이제는 새로운 독자들이 이 책을 찾아올 때가 되었다. 나는 지금도 그 독자들 중의 한 사람이고 싶다. 길거리에서 이 조그만 책을 열어본 후, 겨우 그 처음 몇 줄을 읽다 말고는 다시 접어 가슴에 꼭 껴안은 채 마침내 아무도 없는 곳에 가서 정신없이 읽기 위하여 나의 방에까지 한걸음에 달려가던 그날 저녁으로 되돌아가고 싶다. 나는 아무런 회한도 없이, 부러워한다. 오늘 처음으로 이 책을 열어보게 되는 저 낯 모르는 젊은 사람을 뜨거운 마음으로 부러워한다.

    이 얼마나 대단한 제자의 찬사인가! 나는 비록 베네딕토 16세의 제자는 아니지만 카뮈의 마음을 알 것 같다. 나는 아무런 회한도 없이, 더듬더듬 그가 남긴 마지막 책을 번역하던 지난해의 나를 부러워한다. 책이 출판되었음에도 여전히 찜찜함이 남아있지만, 그 안에는 대결해 보자고 덤벼들었다가 금방 그에게 설득당하고 만 20대의 내가 살아있다.

찰나에 흩어지는
순간들을 마주하며

이제 와 돌이켜 보면 상상할 수 없었던 일들이 일어났다. 어려서 나는 40세가 되도록 살아있을 거라 생각하지 못했다. 40의 나이는 그토록 까마득하고 멀게만 느껴졌다. 그러다 보니 아버지와 어머니가 지금의 내 나이에 어떠했을까를 자꾸 생각한다. 아버지가 40세였을 때, 나는 아홉 살 꼬마아이였다. 그때의 아버지는 큰 그늘을 가진 나무였다. 어머니가 40세였을 때, 나는 열세 살 소년이었다. 그때의 어머니는 감히 젊다는 생각이 들지 않는, 진짜 '어머니'였다.

지금 40세의 나는 여전히 철없고 부족한데 아직 완전히 어른이 되지 못한 것 같은데, 나는 그때의 어머니를 완전한 어른이라 생각했다. 실수 따위는 하지 않는 어른. 아니, 실수를 해서는 안 되는 어른. 그때 어머니가 완전한 어른의 나이가 아니었음을 알았더라면, 어머니를 바라보는 나의 시선이 조금은 달랐을까. 어쨌거나 시간은 빠르게 흘러갔고 나는 어느덧 그 나이가 되어 내가 생각하지 못한 누군가가 되어있다.

막 사제 서품을 받았을 무렵, 은사 신부님의 방에는 낡은 액자가 걸려 있었다. 젊은 시절 은사 신부님이 요한 바오로 2세 교황님을 만나 악수하는 사진이었다. 당시에도 엄청난 존경을 받는 분이었으므로 그 사진은 정말이지 대단해 보였다. 천주교 사절단이 북한에 갈 기회가 있었는데 그 전에 바티칸에 들러 인사를 나누는 장면이라고 했다. 그 액자는 신부님이 임지를 옮길 때마다 항상 방 한편을 단정하게 차지하고 있었다.

한참 후 이탈리아에서 유학을 마칠 무렵, 프란치스코 교황님을 알현할 학생을 신청받는다는 공지가 전해졌다. 내가 다니던 학교 설립 기념일을 맞이해 교황님이 학생들을 초대하셨다는 소식이었다. 처음에는 별 뜻 없이, 교황님을 가까이에서 볼 수 있는 기회가 언제 또 있을까, 하는 생각에 초대에 응했다. 교황님이 방한하셨을 때, 나는 이미 유학을 떠난 상태였으므로 가까이서 뵐 기회가 없었다. 그렇게 만남의 날이 다가오는데 한 한국 신부가 다가오더니, 교황님을 만나면 절대 고개 숙여 인사하지 말라고 말했다. "아니, 어떻게 교황님께 인사를 드리지 않을 수 있겠습니까?"라고 대답하자, 그는 비밀을 전해주었다.

이야기인즉슨, 교황님의 말씀이 끝나면 참석자들과 악수를 나누는 시간이 있는데, 전속 사진기사가 한 명 한 명 사진을 찍어준다는 것이었다. 참석자들은 많고 교황님은 한 분이다. 이는 악수 시간이 아주 잠깐이라는 것을 의미한다. 그런데 그 순간, 한국인들의 고질병이 발동한다. 악수하는 동안 황송한 마음에 미처 눈도 마주치지 못하고 깊이 고개를 숙이고 있는 것이다. 결국 나중에 받게 되는 사진은 얼굴이 제대로 나오지 않은 사진이다. 그러므로 그 신부는 절대 고개를 숙이지 말고 교황님의 눈을 3초간 똑바로 바라보고, 꼭 해야 하는 한마디를 짧게 준비하라고 충고했다. 그 순간, 은사 신부님의 액자가 생각났다. 방에 단정하게 걸려 있던 바로 그 사진.

시간이 지나 교황님을 알현하는 날이 다가왔다. 거대한 교황청 홀에 들어가 부푼 마음을 다독이며 동료 학생들과 앉아 있는데 교황님이 천천히 들어오셨다. 학교의 역사를 기억하고 축하하며, 윤리신학 전공자들에게 당부의 말씀을 전하셨다. 현실의 문제들로 힘들어하는 사람들의 연약함과 고통에 '손을 더럽히는(즉 도움을 주는)' 일을 게을리하지 말라는 말씀이었다.

이어서 학생들은 한 줄로 서서 교황님과 악수를 하기 시작했다. 누군가는 허둥지둥하며 서툰 인사를 나눴고, 누군가는 능숙하게 대화를 주고받았다. 그렇게 점점 내 순서가 다가오자 심장이 쿵쾅대기 시작했다. 교황님을 만나는 것이 영광스럽기도 했지만, 사진에 대한 강박 때문이었다. 더불어 찰나의 순간, 꼭 한마디를 해야 한다는 사실은 긴장감을 한층 높여주었다. 만약 일생에 단 한 번만 마주할 수 있는 누군가에게 꼭 한마디만 해야 한다면 당신은 무슨 말을 하겠는가? 상대가 누구이든 고민스러울 수밖에 없는 일이다. 게다가 그 순간 기개를 잃지 않고 고개를 빳빳이 들고 있어야 한다니. 반드시 등을 꼿꼿하게 세우리라 몇 번을 다짐했다. 그러자 어느덧, 푸른 눈의 교황님이 내 앞에 있었다.

찰나에 불과하지만 잊을 수 없는 순간이 있다. 나에겐 그 시간이 꼭 그랬다. 무게추를 단 듯 자동으로 허리가 굽혀졌지만 애써 자세를 바로잡으며 그분의 눈을 3초간 바라봤다. 손으로 전해지는 따스함을 느끼며 아마도 나는 이렇게 말씀드렸을 것이다. "한국의 많은 사람들이 교황님의 애정을 기억하고 있습니다." 교황님께서는 고맙다고 말씀하시며, 악수를 하지 않는 다른 손으로 나의 손등을 톡톡, 건드리셨다.

지금 내 방에는 교황님의 사진이 단정하게 걸려 있다. 아주 짧은 시간이지만 잊을 수 없는 순간은 그렇게 한 장의 사진이 되어 내 방에서 향기를 풍기고 있다. 내 방에 온 학생들은 그 사진을 보며 묻는다. 어떻게 사진을 찍게 되었는지, 그때의 기분은 어땠는지, 어떤 대화를 나누었는지. 그러면 나는 당연히 '애써 자세를 유지해 사진이 잘 나오게 하기 위해 힘썼단다'라고는 하지 않고, 그저 개교기념일을 맞이해 찍은 사진이라고 말한다. 역시나 학생들은 내가 은사 신부님의 사진을 바라보며 지었던 표정을 짓는다. 아아, 대단하십니다. 언젠가 나의 제자 중 누군가도 이 액자를 떠올리며 후임 교황님 앞에서 고개를 숙이지 않으려 애쓰겠지. 그러고 보면, 세상일은 참 모를 일이다.

시간은 자꾸 흘러간다. 사제가 되면 어떤 삶을 살게 될까 궁금했는데 어느덧 사제가 된 지 10년이 훌쩍 넘었다. 쉬는 시간에 소설과 번역서를 탐독하던 소년은 어느덧 한 권의 소설과 몇 권의 번역서를 냈다. 박사학위는커녕 석사학위나 받을 수 있을까, 매일이 근심이던 때가 있었는데 어쩌다 보니 박사가 되었다. 더욱이 내가 강단에 서서 학생들을 가르치게 되리라고는 상상도 못 했다. 학창 시절엔 교수 신부님들이 아는 것이 너무 많고 박식해 보였다. 비록 나는 아는 것이 많거나 박식한 사람이 아니지만 어쨌거나 강단에 서서 학생들을 가르치고 있다. 교황님의 사진을 걸어 놓았던 은사 신부님은 어느덧 은퇴를 맞이하셨고 내가 은퇴사를 낭독했다. 나는 어느덧 내가 생각하지 못했던 사람이 되어 있었다. 시간이 흘러서 내가 어떤 사람이 된 것인지, 내가 어떤 사람이 되어 시간이 흐른 것인지 모르겠지만 그렇게 속절없이 시간은 흘러가고 있었다.

그렇다면 10년 뒤의 나, 20년 뒤의 나는 어떤 사람일까? 그 어떤 것도 감히 예측할 수 없다. 내가 바라보고 감탄한 누군가일 수도 있고, 내가 얼굴을 찌푸리며 한숨 쉰 사람일 수도 있을 것이다. 그리고 내 주변의 수많은 인연들이 머무르다가 떠날 것이다. 나는 이별에 아쉬워하고 새로운 만남에 기뻐하며 하루하루를 보내겠지. 그렇게 나는 오늘도 찰나에 흩어지는 순간순간들을 마주하며 또 다른 누군가가 되어 가고 있다. 그저, 손으로 전해지는 따스함을 누군가에게 전할 수 있기를, 어렵고 힘든 이들을 위해 아낌없이 손을 더럽힐 수 있는 특별한 사람이 되기를 바라며.

에필로그

내 인생의 지표

몇 가지 선명한 어린 시절의 기억을 떠올려 보면 병원에서 나를 내려다보고 있는 아주머니들의 시선이다. 다리에 통증이 있어 참고 참다 어머니께 말씀드린 이후 느닷없이 병원에 입원하게 된 상태였다. 당시 나는 왜 입원해야 하는지 굳이 궁금해할 나이가 아니었다. 그러므로 병원복을 입고 이런저런 검사를 하고, 침대에 누워있는 수순을 묵묵히 받아들였다. 어머니는 병원 침대 한편에 얼굴을 묻고 좀처럼 고개를 들지 않으셨다. 나는 아무런 이유를 모른 채 어머니의 뒷모습과 천장을 번갈아 바라보았다.

다음 날의 기억이 앞서 말한, 나를 내려다보고 있는 아주머니들의 시선이다. 이 시선이 특별히 기억에 남아있는 이유는 그것이 꽤나 애처로워 보였기 때문이다. 그분들은 어머니와 함께 나를 위해 묵주기도를 바쳤다. 기도가 끝나고 나자 마침내 궁금증이란 것이 생겼다. 어머니의 슬픈 모습과 성당 아주머니들의 걱정스러운 시선을 온몸에 마주하니 뭔가가 잘못되어가고 있다는 생각이 들었던 것이다. 이유를 묻자, 별거 아니라는 대답이 돌아왔다. 그러나 어머니의 시선과 목소리는 여전히 커다란 슬픔에 잠겨 있었다. 조금만 더 머리가 컸다면, 이렇게 나는 죽는 건가 싶었을 테지만 아직 그런 상상을 할 만한 나이는 아니었다. 나는 그저 별거 아니구나 생각하며 잠자코 누워 있었다.

　결과적으로, 나는 정말로 별일 없이 퇴원했다. 이런저런 검사를 받으며 꽤나 오랜 시간 병원에 머물러 있었지만 정말 아무 일도 없었던 것이다. 그제서야 내가 왜 병원에 있어야만 했는지 전해 들을 수 있었다. 이유는 모르겠지만 나의 성장판에 문제가 생겼고 어쩌면 평생 다리에 장애가 생길 확률이 크다는 진단이 나왔었다는 것이다. 그리고 어머니는 나에게 고백하셨다. "네가 건강만 할 수 있다면 너를 하느님께 바치겠다고 약속했단다." 그 말씀의 의미는, 기적처럼 아무 문제 없이 퇴원하게 되었으니 사제가 되라는 말씀이었다. 보통의 자녀들이라면 어떻게 내 허락 없이 진로를 결정하냐며 따져 물을 수 있겠지만 나는 여전히 아직 어렸기 때문인지, 혹은 신에 대한 확신이 있어서인지 그 말씀을 있는 그대로 받아들였다. 분명 성당에서 만난 신부님들의 좋은 모습도 꽤나 영향을 미쳤을 것이다. 그 이후로, 사제가 되는 것은 내 삶의 지표가 되었다.

이후 또 한 가지 선명한 어린 시절의 기억이라면, 어머니의 손을 잡고 성당을 향해 걸어가던 좁은 산책로다. 나는 미사 때에 신부님을 도와 제대 위에서 포도주와 물을 나르고 종을 치는 복사단이라는 단체에 가입했다. 복사단 활동을 위해서는 평일 새벽 미사에 나가야만 했다. 집에서 성당은 꽤나 떨어져 있었고 그러므로 어머니의 손을 잡고 아파트 단지를 잇는 좁은 산책로를 걸어가곤 했다. 추운 겨울 귀가 떨어져 나갈 것 같은 추위를 견디며, 한여름 땀이 송골송골 맺히는 더위를 견디며, 어머니의 손을 잡고 성당을 나갔다. 미사가 끝나면 수녀님께서는 간식을 챙겨주셨고 나는 다시 어머니의 손을 잡고 신이 나 집으로 돌아왔다. 그렇게 하루하루 성당에 나가며 사제가 되고 싶다는 마음을 굳히곤 했다.

하지만 시간이 지남에 따라 생각은 얼마든 바뀌기 마련. 사제가 되는 것이 결혼을 하지 않는 삶이라는 사실을, 10년이라는 긴 과정을 신학교 기숙사에서 기도 생활을 하며 지내야 한다는 것을 알게 되면서 마음이 복잡해졌다. 더욱이 사춘기 시절을 거치며 사제가 되겠다는 꿈은 점점 잊혀 갔다. 세상에는 경험해야 할 많은 것이 있었고 수많은 아름다움이 있다는 사실을 깨달은 참이었다. 흥미롭고 즐거운 일들이 도처에 있는데 사제는 꼭 이 모두를 피해 은둔의 삶을 살아야 하는 것처럼만 느껴졌다. 하느님이 이토록 아름답게 세상을 만들었는데 굳이 즐기지 않을 이유도 딱히 없었으므로 나는 자연스럽게 세상에 눈을 돌렸다. 아름답고 멋진 미래와 찬란한 꿈들이 도처에서 나에게 손짓하고 있었다. 믿음은 여전히 있었지만 때로 하느님이 나의 기도를 들어주지 않는 것처럼 느끼기도 했다. 그러다 보니 어느덧 믿음과는 별도로, 미사는 막연하고 고루한 것이 되었다. 그렇게 서서히, 어린 시절 자연스럽게 젖어들었던 꿈은 희미해져 가고 있었다.

그러던 어느 날, 고3을 앞두고 어머니께서 한 가지 제안을 하셨다. 한 달에 한 번 예비 신학교에 나간다면 용돈을 오천 원 늘려주시겠다는 것이었다. 예비 신학교란 사제를 지망하는 중고등학생들이 한 달에 한 번 신학 대학에 모여 신학생들과 만남을 갖는 과정이다. 지금이야 오천 원은 큰 돈이 아니지만 당시는 중고등학생의 용돈이 만 원이던 시절이었다. 한 달에 한 번 모임에 참석하는 것만으로 용돈이 오십 퍼센트나 인상된다니 달콤한 제안이 아닐 수 없었다. 나는 단번에 제안을 수락했다.

예비 신학교에는 사제가 되기를 꿈꾸는 또래의 학생들이 모여 있었다. 나는 조금은 심드렁한 입장으로 첫 모임에 참석했다. 처음 만나는 학생들의 토론 주제는 자기가 사는 동네, 취미, 특기와 같은 것들이었다. 나는 소설가를 꿈꾸는 사람이었으므로 내가 좋아하는 작가와 작품들에 대해 언급했다. 내가 아는 한, 또래 학생들 중에 내 이야기에 귀 기울일 사람은 없을 것이 뻔했지만 당시의 나는 문학에 대한 열망으로 충만한 소년이었으므로 아마 눈을 반짝이며 이야기를 했을 것이다. 그리고 그 순간, 나의 이야기에 전적으로 동감하며 눈을 반짝이는 이의 시선을 마주했다. 우리를 담당하게 된 선배 신학생의 시선이었다. 그는 자신이 본래 문예창작과에 다녔다고 말하며 시인의 꿈을 꾸었었고, 그러다 사제가 되겠다는 열망에 이끌려 신학교에 오게 되었다고 고백했다. 눈이 번쩍 뜨이는 기분이었다. 고등학생에게 대학생이란 꽤나 나이 차이가 많이 나는, 다른 세상에 있는 사람인 것처럼 느껴졌지만 문학이라는 공통분모는 모든 것을 상쇄시키기에 충분했다. 시와 소설에 대해 이야기하면서 '어쩌면 사제가 되는 것도 괜찮은 것인지 몰라'라고 생각했다.

그 이후, 개인적인 탐구 활동이 시작되었다. 사제라는 꿈에서 거리를 둔 지 오래였으므로 그 삶이 어떠한 삶인지에 대한 확인이 필요했다. 서점에 가서 신부님들이 쓰신 여러 가지 책들을 구입해 그들의 이야기를 탐독했다. 그러자 점차 의미 있는 삶을 살고 싶다는 생각을 하게 됐다. 지금 생각해 보면 세상 모든 사람들의 삶이 의미 있고 특별한 것이지만, 적어도 그때 나에게 있어 의미 있는 삶이란 다른 사람을 돕는 삶이었다. 희망의 메시지를 전달하고 꿈을 꾸지 못하는 사람에게 더 큰 꿈을 꾸게 하는 사람. 지쳐있는 사람을 일으켜 세우고 함께 걸어갈 수 있는 사람. 사랑의 힘이 무엇인지를 몸소 보여줄 수 있는 사람. 나는 그러한 것들에 강하게 이끌렸다. 그 이끌림에 응답할 결심을 하니 세상의 아름답고 멋진 것들, 화려한 꿈들은 무용한 것들이 되어버렸다. 신학교에 들어가게 되면 외출에 제한이 되고 핸드폰을 쓰지 못하며 침묵 속에 생활해야 하겠지만 그를 통해 더욱 찬란하게 펼쳐질 사랑의 힘이 있을 것임을 확신하게 되었기 때문이다. 그렇게 사제가 되겠다는 꿈은 다시 모습을 드러냈다.

그렇게 긴 과정을 거쳐 사제가 되었다. 때로는 지루하고 힘들었으며 내면의 갈등을 마주하는 시간이었다. 세속의 화려한 것들이 문득문득 손을 내밀어 나를 유혹하기도 했다. 앞으로의 삶도 그러하리라. 나는 사제의 삶을 치과의사에 비유하곤 한다. 사제가 마주해야 하는 인간의 삶은 고통과 열망, 분노와 절망이 대부분이다. 그 안에서 우리는 인간의 찡그린 표정을 맞닥뜨린다. 그 안에서 사랑을 전달하고 희망을 갖게 하는 일은 견딜 수 없는 긴 시간과 고통을 동반하는 치유 과정을 요구한다. 삶에서 비극적인 일을 마주하는 순간 인간은 보이지 않는 신의 뜻 안에서 한계를 느끼며 의구심을 끌어안고 사제를 찾아온다. 그럼에도 불구하고 사제의 삶을 살아갈 수 있는 이유는 사랑, 사랑 때문이다. 여전히 그 사랑의 힘을 확신하고 있기 때문이다. 실제로 많은 사람의 헌신과 봉사 앞에서 인간의 역사는 거듭 발전되어오지 않았는가. 그 안에는 여지없이 사랑의 힘이 있지 않았는가. 그리고 우리는 그것을 신의 섭리라고 부른다. 혹자는 종교를 인민의 아편이라 부르고 신은 죽었다고 이야기한다. 인간은 이기적인 동물이며 악을 일삼는 존재라고도 말한다. 하지만 그 모든 말을 비웃듯 사랑은 계속된다. 그렇다면 그 사랑에 아주 작은 보탬이라도 되고 싶은 것이 나의 의지이다. 사랑 없이 우리가 하루도 살아갈 수 없음이 분명하다면 그것에 온전히 헌신함으로써 촉발제가 되어야 하는 삶은 분명 의미 있는 것일 테니.

다시금 지난 시간을 돌이켜 본다. 다리가 아팠고, 누군가 걱정 어린 시선으로 그러한 나를 내려다보며 간절히 기도했고, 그 기도를 받은 나는 어머니의 손을 붙잡고 성당을 향해 걸어가며 추위와 더위를 견뎌냈다. 용돈이 오천 원 인상되었고, 같은 꿈을 꿨던 신학생을 만나 문학을 통해 또 다른 희망을 얻게 되었다.

다른 훌륭한 신부님들에 비하면 평범할 수밖에 없는 그저 그런 사제이지만, 그럼에도 불구하고 이 과정 안에서 내가 굳게 확신하는 사실은 그 안에 신의 섭리가 담겨 있으며 여전히 사랑의 힘을 믿고 있다는 것이다. 미약하게나마 누군가 하루 숨 쉬고 힘을 낼 수 있는 삶의 희망을 전해주는 것. 조금은 괜찮은 세상을 만들어 나가는 것. 그렇게 서서히 그것은 내 인생의 지표가 되었다.

당신은 언제나 옳습니다. 그대의 삶을 응원합니다. — 라의눈 출판그룹

어쩌면,
삶을 견디게 하는 것들

초판 1쇄 　│2024년 12월 1일

지은이 　　│방종우
일러스트 　│가울 @ga.wool
펴낸이 　　│설응도
편집주간 　│안은주
영업책임 　│민경업
디자인 　　│임윤지

펴낸곳 　　│라의눈

출판등록 　│2014년 1월 13일(제2019-000228호)
주소 　　　│서울시 강남구 테헤란로78길 14-12, 4층
전화 　　　│02-466-1283
팩스 　　　│02-466-1301
e-mail 　　│편집 editor@eyeofra.co.kr
　　　　　　마케팅 marketing@eyeofra.co.kr
　　　　　　경영지원 management@eyeofra.co.kr

ISBN 979-11-92151-93-9 03810